LE LACRIME DEL DRAGO

I COMPAGNI DEL DRAGO MUTAFORMA
LIBRO DUE

EVA CHASE

1

Se una settimana prima qualcuno mi avesse detto che mi sarei ritrovata a fare shopping per il campeggio, con i quattro ragazzi più sexy del pianeta, gli avrei dato del pazzo. Eppure eccomi lì – nel negozio di un paesino di cui non conoscevo l'esistenza fino a quel momento – a fare del mio meglio per non sciogliermi mentre uno di loro mi aiutava a indossare un piumino. Le sue dita mi sfiorarono il petto, provocandomi un brivido di piacere.

Ma non era solo il tocco di Aaron a farmi scaldare tanto. Il sole di fine giugno splendeva luminoso attraverso le vetrine, e l'aria tra gli scaffali pieni di giacche, zaini e altre attrezzature era densa di calore. Mi contorsi nel piumino.

"Sei proprio sicuro che debba coprirmi *così tanto*?"

Aaron mi sorrise con un luccichio malizioso nello

sguardo. Con quei brillanti occhi azzurri e i suoi capelli biondo oro, sembrava davvero un principe della Disney. Anche se non ero sicura di aver mai visto un principe della Disney così muscoloso. Di certo nessuno che mi facesse fremere tra le gambe con una sola occhiata.

"Hai detto che non sai quanto dovremo spingerci lontano sulle montagne," rispose, con quella lieve raucedine che dava un tono dolce alla sua voce. "Farà molto più freddo ad alta quota."

"E noi non vogliamo che la nostra Principessa del Fuoco finisca congelata," aggiunse languidamente Marco. Era appoggiato a uno scaffale col suo solito sorriso sghembo, che si addiceva così bene alla sua aria da playboy – con quei capelli a spazzola neri, la piccola cicatrice che gli attraversava il sopracciglio e il suo rifiuto di prendere qualunque situazione completamente sul serio. Quando il suo sguardo indaco mi squadrò da capo a piedi, venni investita da una nuova ondata di calore. Il sorriso sul suo volto si allargò. "Per quanto mi dispiaccia vederti così coperta, ovviamente."

Lo fulminai con gli occhi mentre mi toglievo il giubbotto. "Sono certa che sopravviverai senza guardarmi la scollatura per qualche giorno."

Marco ridacchiò. "Ho tutta la vita davanti per apprezzarla."

Già. Quello era il dettaglio che avrei trovato più difficile da digerire, se la mia vita non fosse stata del tutto stravolta circa una settimana prima. Quei ragazzi con cui stavo facendo shopping erano tutti mutaforma. E non mutaforma qualsiasi, ma gli alfa delle loro rispettive famiglie. Marco poteva trasformarsi in un elegante giaguaro nero; regnava sulla famiglia dei felini. Come leader dei volatili, la versione animale di Aaron era un'imponente aquila dorata.

E io? Io avevo scoperto di essere un drago. Uno degli ultimi due rimasti al mondo, se mia madre fosse stata ancora viva. Altrimenti, l'ultima in assoluto. E il mio compito era quello di unire tutti i mutaforma, prendendo i quattro alfa come miei compagni. Nessuna pressione, certo.

Intendiamoci, c'erano cose peggiori di dover andare a letto con quattro ragazzi sexy da paura. Ma per una che non era mai andata oltre la seconda base in ventun anni – e che ignorava totalmente l'esistenza dei mutaforma – tutte quelle attenzioni potevano essere un po' troppo.

Strinsi il piumino tra le braccia. "Mi sta bene ed è comodo. E voglio andare via. Lo prendo."

Erano trascorsi sette anni da quando mia madre era passata da Sunridge, nel Wyoming, e aveva lasciato un messaggio per me con un incantesimo sul monumento della città. Non volevo aspettare un secondo di più per scoprire cosa le era successo dopo.

Nate si avvicinò a noi, con un paio di sacchi a pelo arrotolati sotto le braccia muscolose. Dal suo corpo alto e massiccio, e i capelli castano nocciola, si capiva che era un orso. Quando mi guardava, però, la sua espressione era dolce. In battaglia poteva anche essere un grizzly, ma con me era un vero orsacchiotto.

"Pensi che resteremo lassù almeno una notte, Ren?" Mi chiese. La sua profonda voce baritonale mi scaldava sempre.

"Io... non ne sono sicura," ammisi. Eravamo finiti a

Sunridge seguendo una scia d'indizi lasciati da mia madre. Quando avevo toccato l'obelisco nella piazza del paese, avevo avuto una visione in cui mi diceva di cercare qualcosa su una specifica montagna. Una sorta di potere che era andata a recuperare sette anni prima.

Non era mai tornata. Avevo passato tutti quegli anni senza sapere dove fosse andata o cosa ne fosse stato di lei. In realtà, avere finalmente delle risposte mi importava più di qualsiasi altro potere. Potevo trasformarmi in un drago – un drago enorme, veloce e sputafuoco. Non era abbastanza?

Quel pensiero mi fece tremare nervosamente il braccio. Prima di realizzare cosa stessi facendo, la mia mano aveva sgraffignato un moschettone di sicurezza da un cestino e lo aveva infilato nella manica. Maledetto istinto da ladra. Prendeva sempre il sopravvento quando ero agitata. Lo tirai fuori e lo rimisi nel cestino, imbarazzata. Per fortuna, nessuno dei ragazzi fece commenti sul mio tentato furto.

"È meglio portare più provviste del necessario che non averne abbastanza," disse Aaron a Nate. Era il più pratico del quartetto, cosa che apprezzavo moltissimo visto che avevo ancora così tanto da imparare sulle abilità dei mutaforma – e sui loro limiti. "I sacchi a pelo saranno molto più comodi delle coperte che abbiamo nel furgone." Si voltò verso il quarto membro della mia squadra di alfa. "Hai detto di avere una tenda nel bagagliaio, West?"

Il mutaforma lupo annuì dalla porta del negozio dove se ne stava appostato. I raggi del sole facevano risplendere le ciocche argentee tra i suoi capelli ramati. Come il suo animale, anche lui aveva un corpo asciutto tutto muscoli, in quel momento in bella mostra sulle sue braccia incrociate sul petto.

West era accigliato, ma questo non significava granché. Si accigliava praticamente per qualsiasi cosa, soprattutto se aveva a che fare con me. Ormai aveva reso piuttosto chiaro che non era ancora d'accordo con la storia dell'essere 'destinato ad accoppiarsi con il drago'. Non potevo dargli torto, considerando il caos in cui erano finite le quattro famiglie – per colpa della tradizione dei mutaforma – quando mia madre era scomparsa con me sedici anni prima.

In ogni caso, sarebbe stato carino se si fosse ricordato che *io* non avevo avuto nulla a che fare con la decisione di andarmene. Invece continuava a riversare tutta la sua scontrosità su di me.

"Non sono sicuro che la tenda che abbiamo sia abbastanza grande per tutti e cinque. Ma visti gli ostacoli che abbiamo incontrato mentre venivamo qui, probabilmente un paio di noi saranno sempre di guardia," disse West. "Non abbiamo nulla con cui trasportarla, però. Sarà meglio se prendiamo qualche zaino. Presumo che non riusciremo a guidare dritti fino a questo tesoro dei draghi." I suoi occhi verde scuro si posarono su di me quando pronunciò quell'ultima frase.

"Non lo so," replicai. "Questa gita non è stata una *mia* idea. Credimi, vorrei anch'io che mia madre avesse lasciato istruzioni più dettagliate."

"Stiamo seguendo tutti te in quest'avventura, Scintilla," borbottò. "Tienilo a mente."

"Di sicuro possiamo presumere che percorreremo parte del tragitto a piedi," si intromise pacatamente Aaron. Il suo lato pratico lo rendeva anche un buon paciere. "E dovremmo prendere qualcosa da mangiare per il viaggio, visto che non siamo sicuri di poter cacciare."

"In paese ho visto un negozio di alimentari di dimensioni decenti," disse Nate.

"Perfetto." Portai il giubbotto alla cassa. "Spero che abbiate abbastanza soldi." Specialmente perché non possedevo neanche una carta di credito. Ero riuscita a lasciare la strada solo un paio di mesi prima.

A Marco sfuggì una risatina. "Tranquilla, principessa. Il denaro non è un problema per nessuno di noi".

Pagò la nostra nuova attrezzatura, che per fortuna Sunridge offriva in ampie quantità, essendo così vicina a un territorio di prima scelta per le escursioni e il campeggio. Poi andammo al negozio di alimentari. Rimasi sul mio sedile mentre i ragazzi cominciavano a scendere.

"Prendetemi degli snack di carne essiccata e dei nachos, se li hanno," dissi. "Altrimenti, scegliete voi. Voglio avvisare Kylie prima che inizi a mancare il segnale."

Nate si voltò di scatto. "Non dovresti rimanere da sola. Resto nel furgone con te."

Avrei voluto dirgli che non era un problema, ma non ne ero poi così sicura. Eravamo già stati attaccati da un gruppo di ribelli poco prima di arrivare lì – probabilmente gli stessi mutaforma che avevano ucciso i miei padri e le mie sorelle tanti anni prima. Era proprio quello che aveva spinto mia madre a fuggire insieme a me. Non potevo certo biasimarla, date le circostanze.

Ero riuscita a trasformarmi per la prima volta in drago proprio per respingere l'attacco di quel giorno, e avevo ridotto in cenere quello che sembrava il loro leader. Ma alcuni di loro erano riusciti a scappare. Non sapevamo con certezza quanti altri potessero essercene in giro.

I ribelli non seguivano le regole dei mutaforma. Usavano le armi contro i loro stessi simili, addirittura pistole – cosa assolutamente vietata, stando a quello che mi era stato spiegato. I mutaforma guarivano in fretta, ma la ferita d'arma da fuoco sul mio braccio faceva ancora male.

Perciò sorrisi a Nate e risposi: "Okay. Ma non offenderti se darò tutta la mia attenzione al telefono."

Nate si inclinò verso lo schienale del sedile per stringermi la spalla. "Non ti disturberei mai mentre parli con la tua amica."

L'orso rimase dietro di me mentre gli altri si diressero al negozio. Tirai fuori il cellulare. *Ehi, Ky. Come ti senti?*

La mia migliore amica era stata con noi qualche giorno prima, durante il primo attentato alla mia vita da parte dei mutaforma. L'avevano quasi uccisa. Per questo avevo insistito perché tornasse a casa a Brooklyn una volta ripresa, invece di venire con noi.

Rispose al mio messaggio quasi subito. *Sto bene! Direi al 95%.* Aggiunse un'emoji con l'occhiolino. *Entro domani starò bene al 100%. E voi cosa state combinando? Siete arrivati a Sunridge? Cosa avete trovato lì? Ho bisogno di risposte!!!*

Non potei fare a meno di sorridere. L'irrefrenabile energia di Kylie traspariva chiaramente anche tramite messaggi. Riuscivo a immaginarla facilmente, sdraiata su una sedia nella veranda del villaggio di mutaforma dove stava guarendo, con un sorriso brillante quanto i suoi capelli rosa fluo.

Mentre cercavo di decidere cosa dirle, il mio sorriso si spense. Non volevo farla preoccupare raccontandole del secondo attacco, soprattutto quando era troppo lontana per fare qualsiasi cosa. Era già corsa in mio soccorso una volta. In quel momento, doveva concentrarsi su se stessa per riprendersi. Ma c'era una cosa che dovevo condividere con lei.

Stamattina sono riuscita a trasformarmi. Stai parlando con un vero drago, adesso!

Oh mio Dio! È fantastico, Ren. Non vedo l'ora di vedere una dimostrazione.

Appena torno, promesso. Ma potremmo star via più a lungo del previsto. Mia madre mi ha lasciato un altro messaggio, qui. Ho trovato un obelisco con un'immagine che sembra avere a che fare con i draghi, in qualche modo... Un altro indizio da seguire.

Nessuna traccia di tua madre? Chiese Kylie.

Mi morsi il labbro. *No. E non prevedo nulla di buono. Il modo in cui parlava nel messaggio che mi ha lasciato... Sembrava che qualcuno la stesse inseguendo. E che sarebbe tornata da me, se avesse potuto. Ma visto che non l'ha fatto...*

Mi dispiace tanto, Ren. Ma magari non è così grave come sembra.

Volevo crederci, disperatamente. Volevo pensare che mia madre fosse stata imprigionata o costretta di nuovo a nascondersi. O che qualcos'altro le avesse impedito di tornare a New York – tutto eccetto la morte. Ma meno tracce della sua presenza trovavamo, più sperare diventava difficile.

Continuerò a sperare finché non saprò la verità, le scrissi. *Comunque, potremmo non avere linea per qualche giorno.*

Perciò non preoccuparti se non avrai mie notizie! Pensa solo a stare meglio.

Lo farò. Cerca di pensare a te stessa anche tu. Ma è difficile essere troppo preoccupati sapendo che hai quattro uomini grandi e grossi che non vedono l'ora di difenderti. E di darci dentro con te. Qualche progresso su quel fronte? Scrisse con l'emoji di un diavoletto.

Alzai gli occhi al cielo, ma allo stesso tempo arrossii. Qualche progresso c'era stato, in effetti. La notte precedente avevo fatto un grande passo verso il mio destino come leader dei mutaforma. Avevo ufficialmente rivendicato Aaron come mio compagno.

In altre parole, avevamo fatto sesso. Del fantastico, grandioso sesso, che ancora mi faceva girare la testa quando ci pensavo.

Ma sembrava così sbagliato parlare della mia prima volta per messaggi. Volevo che quella conversazione con la mia migliore amica avvenisse faccia a faccia.

Ti dirò di più al mio ritorno, risposi.

Oh, tu sì che sai come lasciare una ragazza in sospeso! Voglio tutti i dettagli appena ti vedo.

Okay, promesso.

Per quando sarei riuscita a passare di nuovo del tempo con Kylie, avrei potuto avere molti più dettagli da raccontarle. Per assumere pienamente il mio ruolo di drago, avrei dovuto entrare in intimità con tutti e quattro i ragazzi. E Marco e Nate, almeno, avevano mostrato molto entusiasmo al riguardo. Ma già solo perdere la mia verginità era stato un grande passo. Per quanto l'attrazione fosse forte – anche nei confronti di West – non avevo intenzione di buttarmi nel letto con tutti loro in una volta sola.

Anche se quell'immagine era davvero allettante. Ma, esattamente, con quanti uomini si *poteva* stare contemporaneamente?

Non potevo certo dare la colpa al sole per quanto mi sentivo accaldata, quando gli altri fecero ritorno con le scorte. Sistemarono le buste della spesa sul retro del furgone, insieme all'attrezzatura, e salirono a bordo. Presi posto davanti, dato che ero l'unica ad avere un'idea migliore della direzione da prendere, per quanto incerta. Aaron, che aveva passato più tempo di tutti a studiare le mappe, prese il posto di guida.

"La strada sale per circa un quarto della montagna, poi devia girandole attorno," disse. "Fatemi sapere se mentre avanziamo percepite qualcosa che ci dica che direzione prendere, o dove fermarci."

Annuii. Con un fremito di agitazione, tutti i pensieri sulle attività da camera da letto passarono in secondo piano nella mia mente. Non sapevo cosa ci aspettasse sulla montagna, ma dal modo in cui mia madre aveva parlato nella visione, ero sicura che sarebbe stata l'ultima tappa del nostro viaggio. Presto avrei avuto le mie risposte.

Aaron svoltò verso la montagna con le due cime, quella uguale all'incisione sull'obelisco. Nel disegno c'era anche una fiamma tra le due vette, e avevo pensato che rappresentasse il sole quando sorgeva. Probabilmente l'immagine alludeva al potere che secondo mia madre era nascosto lì.

"Hai studiato tanto la storia dei mutaforma," mi

rivolsi ad Aaron. "Hai idea di che tipo di 'potere' stesse parlando mia madre?"

Scosse la testa. "I draghi hanno sempre tenuto delle cose per sé. Il legame tra madri e figlie è sempre stato così stretto, nel corso dei secoli. Una linea attorno alla quale ruotano tutte le famiglie di mutaforma. È ovvio che abbiano i loro segreti."

Un legame così stretto. Mia madre e io eravamo inseparabili, questo è certo. Eravamo sempre state solo io e lei, durante i nove anni che avevamo vissuto in clandestinità a New York.

Ma il nostro rapporto non aveva nulla a che fare con l'essere draghi. Aveva represso tutti i miei ricordi di quella parte della mia vita, insieme alle mie abilità da mutaforma. Stavano iniziando a riaffiorare solo ora. Forse voleva proteggermi, ma ora che avevo bisogno dei miei poteri, avrei voluto che avesse trovato un altro modo.

Una sensazione assillante s'insinuò sotto la mia pelle mentre la strada prese a salire. Non era più semplice agitazione. Un flebile richiamo mi spingeva verso l'alto, invitandomi a seguire il pendio della montagna. Come se qualcuno che mi conosceva mi stesse chiamando, dandomi il bentornato.

"I draghi sembrano avere un eccellente gusto in fatto di paesaggi drammatici," osservò Marco dietro di me. L'alta catena montuosa che circondava Sunridge si estendeva maestosa intorno a noi.

La strada serpeggiava avanti e indietro, risalendo la montagna, per poi deviare bruscamente a sinistra. Pochi secondi dopo la svolta, il leggero richiamo che avevo sentito si trasformò in uno strattone.

"Fermati," ordinai. Aaron mi guardò e schiacciò il freno.

"Hai visto qualcosa?" Chiese.

"Non ancora, ma c'è qualcosa qui. Lo *sento*."

Accostò sul ciglio della strada, dove una bassa recinzione circondava un punto panoramico. Saltai fuori dal van nell'istante in cui smise di muoversi. Il suono delle mie scarpe sull'asfalto riecheggiò nell'aria mentre attraversavo di corsa la strada. Seguii la ripida parete rocciosa fino alla brusca svolta a sinistra che avevamo imboccato.

Lì. Il richiamo voleva che salissi. Mi aggrappai alla roccia e iniziai ad arrampicarmi sulla ripida pendenza. Forse non avevo ancora il pieno controllo delle mie abilità di trasformazione, ma la forza e l'agilità da mutaforma mi avevano accompagnata per tutta la vita.

Dopo una rapida scalata della parete rocciosa, il pendio si appianò. Poco più in alto, una cavità poco profonda perforava la roccia. Nel momento in cui il mio sguardo si posò su di essa, quella sensazione assillante s'insinuò più in profondità, nei miei polmoni.

Era lì che dovevamo andare, lo sentivo nelle mie ossa.

I miei alfa si erano radunati sul bordo della strada, sotto di me. Tornai giù con un salto, ma l'euforia non era più così elettrizzante, ora che sapevo cosa voleva dire volare. Cavolo, non vedevo l'ora di tornare in forma di drago. Era un peccato che quella prima volta fossi riuscita a esserlo solo per pochi minuti. Avrei dovuto lavorare sulla mia resistenza.

"Dobbiamo andare da quella parte," dissi, indicando con la mano. "Più in alto sulla montagna."

West guardò il pendio e fece una smorfia. "Menomale che dobbiamo portare solo una tenda."

Marco gli diede un colpetto sulla spalla. "Smettila di lamentarti e aiutami a fare i bagagli, lupo."

Sentii il cuore sprofondarmi nel petto mentre tornavano al furgone. Tutti loro stavano seguendo quella pista per me, perché io dicevo che era importante. Ma in realtà non avevo idea di cosa ci aspettasse lassù.

"Non so quanto lontano dovremo arrivare," dissi. "Potrebbe essere una lunga camminata."

"Siamo preparati anche a questo," rispose Aaron con un sorriso rassicurante. "Tua madre ci ha condotti qui per un motivo."

Nate mi strinse una spalla. "Noi crediamo in te, Ren. Anche West, per quanto voglia fare il difficile. Il tuo istinto ci porterà sulla strada giusta."

Mi voltai verso il più alto dei miei alfa, attratta dal calore che emanava. Nate sembrava sapere esattamente di cosa avevo bisogno. Mi strinse tra le sue braccia muscolose, chinando la testa accanto alla mia.

La sensazione della sua guancia che mi sfiorava la tempia scatenò un bisogno completamente diverso dentro di me. Mi allontanai quel tanto che bastava per sollevare il capo e posare le mie labbra sulle sue.

Nate si abbandonò al bacio, ricambiando con decisione e tenerezza allo stesso tempo. Il suo ardore si riversò in tutto il mio corpo. Oh, sì, una parte molto grande di me non vedeva l'ora di conoscere davvero *tutto* dei miei ragazzi.

Ma, ovviamente, quello non era il momento di lasciarmi andare a quei pensieri. Lo baciai ancora una volta, con tanta passione da scatenargli un ringhio di piacere nel petto, poi mi costrinsi ad allontanarmi. Avevo le guance in fiamme, ma improvvisamente mi sentii forte il doppio di prima.

"Prendiamo l'attrezzatura e andiamo."

2

Ren

Dopo qualche ora di cammino, iniziai a chiedermi se davvero fosse necessario portare tutta quella roba. Potevo sopravvivere senza sacco a pelo, no? Chi aveva bisogno di un cambio d'abiti? A che serviva il cibo? *Sapevo* che i ragazzi mi avevano dato lo zaino più leggero, ma mi sembrava comunque di avere una tonnellata di mattoni sulle spalle.

A quanto pareva, non avevo bisogno di lavorare sulla resistenza solo durante le trasformazioni. Non avevo avuto molte opportunità di praticare chissà quanto trekking in montagna, a New York.

Non volevo sembrare una rammollita mentre i miei alfa proseguivano a grandi passi senza il minimo sforzo, quindi strinsi i denti e continuai a camminare. Ma di certo non mi dispiacque quando Aaron fece una pausa e toccò una delle pareti rocciose che si ergevano sempre più alte ai lati del percorso. Incombevano sul sentiero, non così alte da oscurare il sole che tramontava, ma abbastanza da non lasciarci alcuna speranza di prendere una scorciatoia.

"Delle fate sono state quassù," disse Aaron.

"Cosa?" West superò Nate e si avvicinò di corsa. Aaron indicò una traccia nella roccia levigata: un paio di linee che si intersecavano, con un bagliore così tenue che non le avrei mai notate, se lui non avesse detto niente. Le spalle di West s'irrigidirono. Noi altri ci avvicinammo.

"Sembrano vecchie," osservò Marco. "Non le hanno caricate di recente."

"Caricate?" Ripetei.

"Di magia." Agitò una mano in direzione delle linee. "Le fate adorano far brillare le cose."

"Quindi stiamo parlando proprio di... fate, giusto?" Pensai che se i mutaforma e i vampiri erano reali, non c'era ragione per cui anche Campanellino non dovesse esserlo.

West mi lanciò un'occhiata tagliente. "Proprio come noi siamo ben diversi dai lupi mannari, le fate non hanno niente a che vedere con quelle delle favole. È meglio non immischiarsi con loro."

"Serbano un bel po' di rancore da quando gli esseri umani hanno iniziato a occupare gran parte del loro territorio," spiegò Marco. "Loro amano la privacy."

"Ma le montagne non sono esattamente il loro tipo di natura selvaggia. Di solito preferiscono luoghi dove le cose *crescono*." Aaron studiò il sentiero davanti a noi con espressione pensierosa.

Nate posò le mani sulle mie spalle. "Dobbiamo proseguire in ogni caso. Prima troviamo quello che stiamo cercando, prima potremo andarcene senza preoccuparci di dover affrontare le fate."

Nessuno osò ribattere. Riprendemmo a camminare, ma da quel momento tutti osservammo le pareti di pietra con molta più attenzione. Il sentiero era largo forse un paio di metri, quindi non avremmo avuto molto spazio di manovra per combattere. Cosa che, almeno secondo West, sarebbe potuta accadere. Ma Marco aveva detto che le fate ce l'avevano con gli umani.

"Come sono i rapporti tra le fate e i mutaforma?" Domandai.

West emise un verso a metà tra un grugnito e un borbottio inarticolato, come se pensasse che la domanda fosse ridicola. Aaron lo ignorò. "Un tempo avevamo relazioni discrete," rispose. "Abbiamo interessi ed esigenze abbastanza diverse, ma condividevamo un apprezzamento per gli spazi aperti e selvaggi, e la privacy dagli esseri umani. Purtroppo, negli ultimi decenni abbiamo avuto qualche… conflitto."

"Quando gli umani espandono le loro città e i paesi, anche noi siamo costretti a spostarci," intervenne Nate. "E le fate stanno diventando più protettive nei confronti dei loro territori. Ho sentito dire che un tempo non avevano problemi a condividere le terre, quando avevamo bisogno di trasformarci e sfogarci un po'."

"Ora, invece, è altrettanto probabile che proverebbero a friggerci tutti," disse Marco. "Ma queste tensioni potrebbero migliorare una volta che ti sarai affermata nel tuo ruolo, principessa. È più difficile mantenere buoni rapporti quando siamo un po' divisi anche tra di noi."

La mamma ne aveva mai parlato, quando ero piccola?

Cercai di rievocare i frammenti della mia memoria, quelli che aveva cancellato con la magia dopo la nostra fuga. Non erano tornati facilmente, ed era ancora difficile mettere insieme qualcosa di molto coerente. Contemporaneamente infilai una mano in tasca, stringendo le dita attorno al medaglione che mi aveva dato prima di partire per l'ultima volta. Quello che aveva attirato gli alfa da me. Avevo dovuto smettere di tenerlo al collo per evitare che la catenina si rompesse durante una trasformazione inaspettata.

Improvvisamente sentii un accenno di magia nel metallo caldo, come se stesse sussurrando nel mio palmo. Mi aiutò a concentrarmi su quei ricordi lontani.

Un'immagine di mia madre riaffiorò: era in piedi ai margini di una foresta, stava parlando con un uomo alto e snello, dalla pelle così pallida che sembrava quasi blu. Anche lui emanava un tenue bagliore, più luminoso dove il sole lo toccava. Io me ne stavo a guardare, accovacciata nell'erba. Il mio cuore batteva forte; ero nervosa ed emozionata allo stesso tempo.

"Chi era *quello*?" Domandai a mia madre più tardi.

"Uno delle fate," rispose. "Di tanto in tanto, devo negoziare con loro a nome della nostra comunità. Non li vedrai molto spesso, però." Fece una pausa, la sua espressione si fece distante. "Immagino che sia un po' triste, quanto poco interagiamo e con quanta formalità. Mia nonna mi raccontò che tanto tempo fa le fate e i draghi avevano un legame speciale. Ma adesso è sparito."

Poi mi diede un bacio sulla fronte e mi accompagnò in sala da pranzo per la cena.

Un nodo mi strinse la gola. Non l'avevo conosciuta

davvero negli ultimi sedici anni, perché lei non me l'aveva permesso. E ora che sapevo chi eravamo, probabilmente non l'avrei più rivista, se non in un ricordo o in una visione.

Un calore mi sfiorò la spalla; mi ricordò la sensazione della sua presenza quando sedevamo fianco a fianco sul divano. All'inizio pensai che fosse a causa del mio ricordo. Poi il mio sguardo cadde su una piccola striscia di graffi paralleli scavati nella roccia, poco più avanti.

Il mio cuore vacillò. Mi fermai non appena li raggiunsi, passando le dita sulle crepe sottili. La sensazione della presenza di mia madre si fece più intensa. Potevo quasi sentire il suo odore – profumava di gigli e miele.

"Mia madre è stata qui, ne sono certa," annunciai quando riuscii finalmente a parlare. "Dev'essersi trasformata, e ha lasciato questi segni. Lo sento."

"Sono segni piuttosto delicati per gli artigli di un drago," commentò Marco.

"Forse voleva che tu li vedessi," disse Nate. "Per farti sapere che è qui con te, in un modo o nell'altro."

Giusto. E c'era una possibilità che qualunque cosa ci fosse più avanti, mi avrebbe guidata verso di lei per il resto del cammino. Raddrizzai le spalle sotto le cinghie dello zaino e m'incamminai.

"Non promette bene," mormorò Aaron.

Alzai la testa di scatto. "Cosa?"

Non feci in tempo a finire la domanda, quando lo vidi. In fondo al sentiero, un mucchio di massi caduti bloccava il passaggio tra le pareti rocciose. Doveva esserci stata una frana. Proprio quello che ci voleva: un'altra scalata.

Ma mentre ci affrettavamo a raggiungerli, mi resi

conto che la situazione era ancora più complicata. I massi più in alto erano caduti in obliquo, ed erano in bilico su quelli sottostanti. Non c'era modo di scalarli, a meno che non fossimo in grado di annullare la gravità. Per quanto ne sapevo, era un'abilità di cui nessun mutaforma era dotato.

Ci fermammo ai piedi della frana e la osservammo. Aaron si strofinò la mascella squadrata. Marco camminava avanti e indietro sul sentiero, con aria da vero giaguaro. Nate si allungò per testare una pietra più vicina, come se pensasse di farsi strada con le mani, e West lanciò un verso di avvertimento.

"Dannazione, vedi di non farci cadere tutti i massi in testa."

"Dobbiamo pur superarli in qualche modo," spiegò Nate.

"Posso volare," disse Aaron. "Ma non riuscirei a portare niente oltre il mio zaino, in forma di aquila."

Non era l'unico a saper volare. "Io posso portare molto di più," esordii. "Diavolo, da drago potrei far esplodere tutto il mucchio, così non dovremo occuparcene al ritorno." Il sole stava calando, e non avevamo visto anima viva da quando avevamo lasciato la strada. Nessun umano avrebbe visto il mio drago quassù.

Nate si accigliò. "Ti sei trasformata per la prima volta solo questa mattina. Potresti non aver recuperato abbastanza energia."

Mi scrollai di dosso lo zaino e afferrai l'orlo della mia maglietta. Le trasformazioni e i vestiti non erano una grande accoppiata, soprattutto quando ti trasformavi in una creatura grossa come me. "Tentar non nuoce, no?"

Marco si appoggiò a una parete di roccia con un

sorriso divertito. "Per quanto mi riguarda, potrei solo divertirmi a guardarlo."

"Tieni," disse Aaron. Prese il piumino che avevo comprato e me lo portò mentre mi toglievo la maglietta e il reggiseno. "Non riuscirai a concentrarti se stai congelando. Tienilo sulle spalle, così cadrà quando ti trasformerai."

"Grazie." Mi strinsi il giubbotto addosso come fosse un mantello, grata sia per il calore che per quel po' di discrezione. Quei ragazzi avevano passato la vita a spogliarsi ogni volta che dovevano trasformarsi, a prescindere da chi avessero di fronte. Ci sarebbe voluto del tempo perché mi abituassi alla nudità disinvolta del loro mondo.

Calciai via i pantaloni e gli slip e m'inginocchiai in modo che il piumino avvolgesse tutto il mio corpo. Avevo a malapena notato il freddo dell'aria di montagna durante il cammino. Faceva caldo quando eravamo partiti, poi ci aveva pensato la *salita* a scaldarmi. Ma in quel momento l'aria gelida penetrava la mia pelle nuda.

Non appena fossi tornata ad avere le squame, non me ne sarebbe importato molto. Ma come facevo a tirarle fuori? Quella mattina mi ero trasformata nel pieno della battaglia, nel disperato tentativo di proteggere i miei alfa prima che morissero per proteggere *me*. La minaccia che avevamo di fronte quella sera non era altrettanto urgente. Quanto potevo controllare quel potere?

La mia mente era in preda ai dubbi. Chiusi gli occhi e inspirai profondamente, cercando di allontanarli. Ormai conoscevo il drago dentro di me. Sapevo cosa si provava a espandersi in quel corpo, a spiegare quelle ali. Tutto quello che dovevo fare era riportarlo da me.

Ripensai alla sensazione dei miei muscoli che si allungavano, alle squame che si formavano sui punti più morbidi della mia pelle. Ma non furono le uniche cose che ricordai. L'*esplosione* degli spari riecheggiò nella mia mente. Grida di dolore. Tutti i suoni terribili dell'imboscata dei ribelli. La mia schiena s'irrigidì.

No, non funzionava. Dovevo lasciar andare quei pensieri. Io *ero* un drago. Non dovevo far altro che *esserlo*.

"Se non ci riesci, possiamo trovare un altro modo," s'intromise Nate. "Non sforzarti troppo."

Un lampo di fastidio divampò nel mio petto. Perché non avrei dovuto sforzarmi? Loro non si sforzavano per me tutto il tempo? Non ero una smidollata che aveva bisogno di coccole. Ero un maledetto *drago*.

Quella vampata di determinazione mi scosse nel profondo. Sì, era quello che mi serviva. Mi ci aggrappai e mi tuffai a capofitto nella sensazione bruciante che si propagava sulla mia pelle. Dentro e attraverso, fuori e verso l'alto – le mie membra si allargavano, il collo si faceva lungo, ogni parte di me si espandeva, libera. La mia testa si deformò in delle fauci foderate di zanne aguzze. Un sapore affumicato m'impregnava la bocca. Il fuoco danzava nei miei polmoni.

Mi innalzai verso il cielo, euforica. La trasformazione mi pizzicava le articolazioni, ma quella fatica non mi dispiaceva. Ce l'avevo fatta. Quella era la vera me.

Il vento mi sferzava mentre salivo in cabrata. Assaporai per un attimo il piacere del volo, poi mi rituffai a terra. Non sapevo quanto a lungo sarei riuscita a mantenere questa forma. Non dovevo dimenticare il motivo per cui l'avevo assunta.

Dal mio nuovo corpo, la frana sembrava un cumulo di sassolini. Mi chinai sul più alto e lo afferrai con le zampe posteriori. Lo strinsi con gli artigli e lo strappai via dal mucchio. Con qualche battito d'ali, lo spostai più lontano dal sentiero, sul fianco della montagna.

Uno era andato, ne mancavano una decina.

Ne lanciai via un altro, poi un altro e un altro ancora. Il pizzicore che avevo avvertito prima tornò a insinuarsi nelle mie ali e nel petto. Avevo già resistito più dell'ultima volta. Il mio corpo stava cedendo. Dannazione, non avevo ancora finito.

Ma avevo rimosso il peggio. Guardai i massi rimanenti, alti solo la metà di quando avevo iniziato. I miei alfa si erano fatti indietro per darmi spazio. Se solo avessi preso una buona rincorsa…

Volai lungo il sentiero, verso la direzione da cui eravamo venuti. Mentre mi voltavo, un impercettibile movimento catturò la mia attenzione. Esitai, scrutando in basso, ma non vidi altro che ombre sotto di me. Forse avevo visto la mia stessa sagoma in movimento.

Raccogliendo tutte le mie forze, mi lanciai verso la frana con la stessa velocità del battito delle mie ali. Il cuore mi batteva di gioia. Le mie labbra si curvarono in quello che doveva essere un sorriso da drago.

All'ultimo secondo, sollevai le zampe posteriori e mi spinsi in avanti. Mi schiantai contro il mucchio con i piedi. L'impatto mi fece rimbalzare, ma saltai in piedi prima di cadere sulla schiena. I massi rimasti rotolarono lungo il sentiero con un fragore assordante, sparpagliandosi e lasciandoci abbastanza spazio per camminarci in mezzo.

Appena in tempo. La stanchezza estrema s'impadronì di nuovo di me. Mi lasciai cadere a terra, incurvando la schiena e rimpicciolendomi in me stessa. La mia pelle riassorbì le squame. In un attimo, tutto ciò che restava del mio drago era il sapore del fumo in fondo alla bocca.

Anche il mio corpo umano era stanco, ma non abbastanza da smorzare quel senso di vittoria. "Ce l'ho fatta!" Esultai, balzando in piedi. "Ecco a voi, strada spianata. Drago mutaforma al vostro servizio." Feci un piccolo inchino.

"Ben fatto," si congratulò Aaron con una risatina. Marco mi fece un applauso. Nate sfoderò un sorriso pieno d'orgoglio. E West…

Gli occhi di West erano fissi sul mio corpo, che nell'entusiasmo avevo dimenticato fosse completamente nudo. Alla mia occhiata, il suo sguardo tornò sul mio viso. Per tutto il tempo in cui i nostri sguardi restarono incatenati, la sua espressione rimase colma di lussuria, troppo intensa perché potesse domarla. Nonostante l'aria fredda, un'ondata di calore m'investì.

Si voltò di scatto, portando con sé quell'ardore.

3

Aaron

Quando m'infilai nella tenda, Serenity era seduta a gambe incrociate proprio al centro, sul suo sacco a pelo, e guardava il cellulare con aria corrucciata.

Sprofondai nel mio alla sua destra. "C'è qualche problema?"

"Oh, sapevo che probabilmente non ci sarebbe stata molta ricezione quassù, ma speravo di poter aggiornare Kylie almeno un'altra volta, prima di perderla del tutto." Sospirò e infilò il telefono nella tasca esterna dello zaino. "Immagino che mi si sarebbe comunque scaricato il telefono tra non molto. Non è che ci siano prese elettriche a portata di mano, quassù!"

"Siamo stati veloci fin qui," la rincuorai, percependo l'angoscia nella sua battuta. L'avevo vista insieme alla sua amica abbastanza da sapere quanto facessero affidamento l'una sull'altra. Serenity poteva contare su di noi, i suoi alfa, ma naturalmente ci avrebbe messo tempo a farci l'abitudine. In fondo era da poco che mi aveva accettato completamente come suo compagno, dandomi la sua fiducia.

Quel pensiero mi spinse ad avvicinarmi a lei. Quando lo feci, una scintilla di attrazione balenò nei suoi occhi ambrati. Sollevò la testa e accolse il mio bacio con passione.

La prima volta che l'avevo incontrata, mi ero chiesto se quell'attrazione irrefrenabile che provavo nei suoi confronti – il volerle stare vicino, toccarla, darle piacere – si sarebbe attenuata una volta suggellato il legame. Sembrava proprio che la risposta fosse no. Dalla sera precedente, il mio desiderio per lei non si era affatto placato. Ero riuscito a sopportare l'attesa per ventisette anni, eppure l'idea di passare anche una sola notte senza sentirla gemere tra le mie braccia era straziante.

Si lasciò sfuggire un verso simile a un gemito quando la mia lingua iniziò a vagare nella sua bocca. Le sue dita risalirono il mio collo, fino a perdersi tra i miei capelli. Mi tirò ancora più vicino. Formicolii di piacere si diffusero sulla mia pelle. Le cinsi le guance e la baciai più intensamente. Poi lasciai scivolare la mano sulla sua maglietta per accarezzarle il seno. Il suo capezzolo s'indurì sotto il mio palmo.

La sua gola vibrò in un mugolio. S'inarcò verso il mio tocco con fare invitante. Le sue curve erano morbide sotto le mie dita, ma sentivo ancora tutta la forza che il suo corpo sprigionava. Quella combinazione era così eccitante. Che donna che era la mia compagna.

Sollevai l'orlo della sua maglietta per sentire il contatto con la sua pelle. Serenity ansimò nella mia bocca quando sfiorai la punta del suo seno attraverso l'intimo. Le sue dita si strinsero sulle mie spalle, poi s'irrigidì.

Mi spostai per guardarla negli occhi. "Stai bene?"

Fece una smorfia, ma i suoi occhi ardevano ancora di desiderio. "Non voglio fermarmi. Ma… anche West dovrebbe dormire nella tenda per la prima metà della notte, no? Potrebbe entrare mentre…" Indicò lo spazio tra noi due con un sorriso forzato.

Oh. Ci avrebbe messo tempo ad adattarsi anche a quel lato della nostra relazione. Le accarezzai la guancia e il collo.

"Sai che se tutto va bene tra noi, in futuro ci saranno momenti in cui gli altri alfa non si limiteranno a vederti con me… Si uniranno a noi."

Si strinse le gambe al petto. "Lo so. Ancora non riesco ad abituarmi all'idea. Non ho neanche mai provato una cosa a *tre*, figuriamoci una… cosa a cinque?"

Se Serenity fosse cresciuta tra i mutaforma, vedendo sua madre insieme ai suoi quattro padri, non avrebbe avuto quelle perplessità. E la colpa era tutta dei ribelli che avevano massacrato la sua famiglia.

Serrai la mascella per un secondo, poi mi costrinsi a rilassarla. Il passato era passato, per quanto fosse stato orribile. Tutto ciò che potevamo fare era andare avanti. E assicurarci che nessuno dei ribelli rimasti avesse un'altra occasione per fare del male all'unico drago che avevamo.

Serenity non meritava che le mettessimo pressioni, ma non sarebbe stato giusto da parte mia incoraggiarla a vedermi come il suo unico compagno. Le premetti un bacio dolce sulle labbra. "Possiamo darti tempo. Non sentirti obbligata a fare le cose di fretta. Io sono qui per te, qualunque cosa ti serva. Ma penso che faresti meglio a mantenere una mentalità aperta. I draghi non sono fatti per avere un solo compagno. Da solo non basterò a soddisfarti."

Il luccichio nei suoi occhi si fece malizioso. "Beh, finora hai fatto un ottimo lavoro". Mi baciò di nuovo, a lungo e lentamente. Poi avvicinò il suo sacco a pelo al mio il più possibile. "Mi stringeresti finché non mi addormento?"

Mi sdraiai e le avvolsi un braccio attorno alla vita, poggiando il viso accanto al suo. "Fino ad allora e anche dopo, Serenity."

Ren

Il mio alluce sbatté su una sporgenza e inciampai in avanti. Mi sfuggì un'imprecazione, ma recuperai l'equilibrio prima che Nate riuscisse ad aiutarmi. "Sto bene, sto bene."

"Chiunque abbia scelto questa strada, ovviamente non si è preoccupato troppo della comodità di spostamento," disse Marco, sollevando un sopracciglio mentre si guardava intorno. "Sarebbe proprio il caso di dare una sistemata a questo sentiero."

Non potevo che essere d'accordo. Se l'inizio della nostra scalata era stato difficile, la camminata di quel giorno si stava rivelando davvero un'impresa. Il percorso si era fatto bruscamente ripido quella mattina, e subito dopo una sosta per un pranzo veloce, le pareti rocciose avevano iniziato a inclinarsi fino a formare un tetto. Stavamo camminando in una grotta. Una grotta con un pavimento davvero irregolare e una luce fioca che proveniva da saltuarie crepe nel soffitto. I nostri passi risuonavano flebili nel passaggio cavernoso.

Anche la temperatura era calata all'improvviso. Un freddo umido mi sfiorava il viso mentre arrancavo in avanti. In quel momento fui davvero grata per il piumino. Ma il richiamo dentro di me continuava a spingermi a proseguire, più insistente di prima. Ovunque fossimo diretti, ci stavamo decisamente avvicinando.

"Sei riuscita a capire qualcosa in più su cosa stiamo cercando, o su quanta altra strada ci aspetta?" Mi chiese Aaron.

Scossi la testa. "La sensazione che avverto è ancora solo un vago richiamo. Ma so che stiamo andando nella direzione giusta." Se quella percezione non fosse stata abbastanza per confermarlo, solo un'ora prima avevo trovato un'altra incisione che sprigionava l'energia di mia madre. Anche lei era entrata nella grotta, sette anni prima. Ci era entrata e aveva lasciato quel segno per farmelo trovare.

Avevamo trovato anche un paio di frammenti di magia delle fate impressi nei muri, anche se secondo i ragazzi non era nulla di recente.

C'era qualcosa nel tunnel grigio e nebbioso davanti a

noi. Strizzai gli occhi per guardare meglio. Dopo qualche altro passo, capii cos'era: un filone di roccia. La grotta si stava dividendo in due passaggi.

"Non sono un grande fan dei labirinti," borbottò West.

Neanche io lo ero, ma non appena raggiungemmo quel bivio, il richiamo mi spinse piuttosto inequivocabilmente verso sinistra. "Nessun problema. Dobbiamo andare da quella parte," annunciai indicando la direzione.

"Mi fido del tuo istinto," cominciò Aaron, "ma non mi va di rischiare di essere attaccati quando ci sono più passaggi in cui muoversi. Penso che dovremmo perlustrare velocemente entrambe le vie e assicurarci che non ci siano tracce di nemici."

"Bene," rispose West, dirigendosi verso il passaggio di destra. "Ma diamoci una mossa."

"Quindici minuti, e se non vediamo niente di preoccupante, ci rincontriamo qui," disse Aaron. S'incamminò lungo il passaggio di sinistra, lasciandomi con Marco e Nate.

Il grosso mutaforma orso incrociò le braccia sul petto, appiccicato a me come se ci fosse qualche minaccia incombente da cui doveva difendermi. Apprezzavo il modo in cui si preoccupava per me, ma a volte la sua iperprotettività era un po' asfissiante.

"Sono abbastanza sicura che non ci sia niente qui, a parte le rocce," dissi. "Quindi, a meno che non esistano demoni delle rocce di cui non vi siete disturbati a riferirmi l'esistenza, dovremmo essere a posto."

"Nessun demone delle rocce," rispose Marco con un

sorriso. "Ma una piccola pausa mi ci voleva proprio. Non far altro che camminare è abbastanza noioso."

"Abbiamo visto coi nostri occhi le tracce delle fate," commentò Nate. "È meglio essere prudenti che rischiare di metterci in pericolo."

A me di certo non dispiaceva fare una pausa. Misi giù lo zaino e raddrizzai le spalle. Quel movimento le fece pulsare.

"Serve un po' d'aiuto con quelle?" Chiese Marco con tono ammiccante.

Alzai gli occhi al cielo, e il suo sorriso si allargò. Non sarebbe stato poi così male se mi avesse aiutata ad allentare la tensione dei muscoli. "Prego, fa' pure," risposi, scrollandomi il giubbotto di dosso per dargli un accesso migliore.

Marco premette le mani affusolate sulle mie spalle, sopra il tessuto della maglietta. Affondò i pollici nei miei muscoli con la quantità di pressione perfetta. Gemetti al piacevole dolore che sentii diffondersi sotto le sue mani. Lui ridacchiò. Improvvisamente, l'aria nella grotta diventò molto più calda.

Un ticchettio risuonò dall'altro lato della caverna, da dove eravamo venuti. La schiena di Nate s'irrigidì. Si voltò verso il rumore, flettendo le grosse braccia. Non seguirono altri suoni, ma lui non si rilassò.

"Probabilmente non è niente," lo tranquillizzai. "Sarà un ciottolo caduto dal soffitto."

"Dovrei andare a dare un'occhiata, per sicurezza," disse Nate. Poi esitò, spostando lo sguardo su Marco. "Pensi tu a Ren?"

"Certo," rispose Marco con aria estasiata. "Comunque,

c'è uno di voi in ogni direzione dalla quale potrebbe arrivare un nemico. Se iniziate a urlare, sapremo di doverci muovere."

Nate guardò torvo il mutaforma giaguaro, poi avanzò nella grotta. Marco riprese a massaggiarmi le spalle. Non ci volle molto perché il muscoloso orso svanisse nell'oscurità. Marco s'inclinò più vicino, lasciando che le sue dita scivolassero lungo la mia clavicola.

"Finalmente siamo soli," mi sussurrò all'orecchio.

Sorrisi, e un brivido di eccitazione mi percorse. "Ed esattamente cosa immagini che succederà, ora che lo siamo?"

"Io non immagino. Faccio offerte. Che ne pensi di trascorrere il resto dell'attesa facendo qualcosa che piacerà molto a entrambi?"

"Hai proprio un'alta considerazione delle tue capacità," lo presi in giro. Poi le sue mani si tuffarono sotto il mio reggiseno, sfiorando la pelle sensibile sulla punta dei miei seni. Mi mancò il respiro. Il mio corpo si muoveva di propria iniziativa. Mi appoggiai a lui con la schiena, inclinando la testa mentre posava le labbra sul lato del mio collo.

"Per una buona ragione," rispose. Il suo respiro caldo mi accarezzava la pelle. Era così difficile resistere al bisogno passionale che divampava nel mio ventre. In fondo, perché avrei dovuto resistere? Come aveva detto Aaron la sera prima, tutti loro erano i miei compagni. Dovevo sentirmi più a mio agio con ognuno di loro – aprirmi all'esperienza.

Mi girai nelle braccia di Marco e scoccai un bacio sulle sue labbra. Mi baciò a sua volta, e un suono famelico vibrò nel suo torace. Le sue mani scivolarono sulla mia schiena, sotto la maglietta, e sganciarono abilmente il reggiseno. Quando le coppe si allentarono, mi strinse di nuovo i seni, disegnando cerchi attorno ai capezzoli e torturandoli fino a farmi ansimare.

I miei fianchi s'inarcavano verso i suoi. Spostò una mano sulla mia vita e ci fece girare per appoggiarmi al muro di pietra. Il suo tocco mi accarezzava ovunque, sui fianchi e sulle cosce. Lo baciai con ardore, senza preoccuparmi della superficie ruvida dietro di me. Tutto quello che volevo era sentire di più.

Le labbra di Marco si staccarono dalle mie per mordicchiarmi l'orecchio. "Oh, mia Principessa del Fuoco," disse tra un morso e l'altro. "Sei fantastica. Non ci sono altre parole per definirti. Non avrei mai immaginato una compagna migliore."

Mormorai un verso d'incoraggiamento, persa nell'euforia del piacere. Sbattei le palpebre. La luce della caverna alle spalle di Marco sembrò tremolare, per poi solidificarsi in una figura umanoide.

Non eravamo più soli.

4

Ren

Un urlo mi sfuggì dalla gola. Mi allontanai di scatto da Marco e dalla figura dietro di lui, sbattendo la nuca sulla parete della grotta. Con un movimento fulmineo, Marco si mise tra me e quella sagoma. Lanciò un grido istintivo di avvertimento, ma rilassò le spalle quando posò lo sguardo sulla strana donna. Si tirò su più dritto.

"Sai, pensavo davvero che le fate fossero più educate."

Le fate. Sì, la donna in piedi dall'altro lato del passaggio era esile e pallida, proprio come l'uomo con cui parlava mia madre nel ricordo. La sua pelle, i capelli e la veste vaporosa avevano la stessa lucentezza bluastra, leggermente attenuata nella penombra della grotta.

Armeggiai per aggiustarmi il reggiseno, arrossendo.

Non era esattamente così che speravo andasse il mio primo incontro con le fate, non quando dovevo rappresentare l'intera comunità dei mutaforma.

La donna non sembrava né turbata né dispiaciuta per la scena che aveva interrotto. La sua espressione era vuota.

"Ho una questione di una certa importanza da comunicarvi," annunciò con una voce flebile e tremolante.

Dei passi rimbombarono sul pavimento di pietra ai nostri lati. Nate apparve per primo, poi Aaron e West, e tutti rallentarono quando videro la nostra visitatrice. Marco fece loro cenno di avvicinarsi, ma vidi che aveva ancora la mascella leggermente serrata. Non era del tutto a suo agio, per quanto cercasse di apparire disinvolto.

Come aveva fatto la fata a passare inosservata davanti a tutti gli alfa? C'era un passaggio che non avevamo visto, o aveva usato qualche tipo di magia? Non mi sembrava saggio chiederlo proprio davanti a lei. Non volevo che sapesse quanto ero ignorante in materia di soprannaturale.

Le labbra di West si erano ritratte in un ringhio da lupo. La sua postura era completamente tesa. "Cosa ci fai qui?" Chiese a denti stretti.

Nate fece un passo avanti, torreggiando sulla donna. Era chiaro che fosse pronto a trasformarsi nell'istante in cui lo avesse ritenuto necessario. Aaron gli mise una mano sul braccio, ma gli occhi del mutaforma aquila brillavano di determinazione. Non voleva precipitarsi in un conflitto, ma sarebbe stato pronto ad affrontarlo se avesse dovuto.

"A quanto pare ha delle informazioni importanti da riferirci," spiegò Marco, facendo un cenno alla fata. "Dicci pure."

Lei reclinò il capo, riflettendo e osservando i miei alfa. "Sono venuta con l'intenzione di aiutarvi. Non c'è motivo di stare sulla difensiva."

"Questo lo giudicheremo noi stessi," rispose West.

Aaron avanzò leggermente, chiedendo al mutaforma lupo di non muoversi con un gesto deciso della mano. "Ti ascoltiamo," disse, con tono pacato ma non amichevole. "Cosa volevi dirci?"

"Abbiamo trovato un essere della vostra specie che vi seguiva nelle grotte. Portava con sé un'arma," comunicò la fata. "Non ha legami con nessuna delle vostre famiglie. È chiaro che avesse cattive intenzioni."

Un ribelle. La mia schiena s'irrigidì. "Dov'è adesso?"

"Non dovete più preoccuparvi di lui. Ce ne siamo sbarazzati in maniera adeguata."

Mosse la mano disegnando un arco nell'aria, evocando un'immagine simile a una registrazione video annebbiata, sospesa nel nulla. Una donnola strisciava lungo la parete della grotta. Aveva un coltellino stretto tra le fauci. Un brivido mi corse lungo la schiena.

Riconobbi quell'animale. Uno dei ribelli che ci avevano teso l'imboscata sul passo di montagna si era trasformato in una donnola, ed era fuggito. Ero certa che fosse lui. Dunque ci aveva seguiti nella grotta, portando con sé un'altra arma proibita. Nel momento in cui avessimo abbassato la guardia, anche solo per un attimo, non avevo dubbi che avrebbe cercato di portare a termine il piano.

Uccidendomi.

Nell'immagine evocata, un uomo fata apparve di fronte alla donnola. La sua bocca si muoveva, ma dalla visione non si udiva alcun suono. La donnola indietreggiò e si lanciò verso una fessura. L'uomo scagliò un dardo di luce rovente in sua direzione. Il fulmine colpì in pieno la donnola, incenerendola in una fiammata. Quando la luce si dissolse, del nostro nemico non era rimasto nulla.

La fata fece un altro gesto, facendo scomparire l'immagine. Poi allargò le braccia come per dire: *questo è quanto.*

"Avremmo preferito catturarlo vivo, così avremmo potuto interrogarlo," disse Aaron. Riuscì a mantenere un tono mite, ma il raschio nella sua voce si era fatto più marcato. Aveva le sue ragioni per essere turbato: il mutaforma donnola poteva anche essere nostro nemico, ma le fate non potevano sapere con certezza che intenzioni avesse. Erano affari *nostri*, da gestire come meglio credevamo. E loro l'avevano annientato con la magia in un solo colpo.

E se avessero deciso che meritavamo lo stesso trattamento?

"Non era propenso a collaborare, come avete potuto vedere," rispose la fata. "Il mio compagno ha percepito le sue intenzioni omicide. Credevamo di farvi una cortesia." Fece una pausa, e i suoi occhi velati scintillarono in un modo che mi fece venire la pelle d'oca. "Voi siete gli alfa delle famiglie dei mutaforma, vero? E lei è il drago scomparso da tempo."

Il modo in cui il suo sguardo si posò su di me mi piacque ancora meno. Da come i ragazzi si avvicinarono a me, tutti nello stesso momento, capii che anche loro avevano avuto la stessa impressione.

"Sì," confermò Marco. In qualche modo aveva

percepito il loro status, forse dal marchio sulle loro mani. "E sì, è lei. Per quanto ne sappiamo, nessuno ha rivendicato questa montagna. Spero che non stiamo invadendo il vostro territorio."

"Niente affatto", disse la fata, ma mi sembrò di vedere la sua lucentezza tremolare leggermente. "Di tanto in tanto ci avventuriamo sulle montagne, ma non le consideriamo davvero parte della nostra casa. C'è spazio a sufficienza per tutti noi."

"Quindi venite qui in vacanza, in pratica," disse Marco. Inarcò un sopracciglio, guardandosi intorno nella grotta. "Avete gusti interessanti."

"Il paesaggio ha delle qualità che ci attraggono particolarmente. Immagino che abbiate notato i segni della nostra presenza, durante il vostro cammino."

"Non ci sembrava che fossero recenti," s'intromise Nate. "Altrimenti avremmo cercato di contattarvi."

"Avete passato parola alla vostra gente, altrove?" Chiese la donna, con un sorriso umile. "So che in passato abbiamo avuto delle divergenze. Se ci sono altri mutaforma in arrivo, sarebbe meglio sapere che sono qui su vostra richiesta. Per evitare incontri imbarazzanti."

Ad esempio se una fata decidesse d'incenerire un altro mutaforma?

"Non stiamo aspettando nessuno," replicò Aaron. "Ma vi prego, se vi imbattete in un altro ribelle in agguato, parlatene con noi prima d'intraprendere qualsiasi azione."

La donna chinò il capo in un gesto di scuse che non mi sembrò affatto sincero. Mi faceva accapponare la pelle. Forse i draghi avevano collaborato con loro tanti anni prima, ma in quel momento non mi fidavo affatto.

"C'è qualche motivo in particolare per cui sei qui, *adesso*?" Chiese West con tono duro. Chiaramente condivideva le mie sensazioni.

"Eravamo semplicemente di passaggio, e abbiamo notato che c'eravate anche voi." La fata inclinò la testa. "I quattro alfa e la loro compagna scomparsa da tempo. Dev'esserci un motivo di una certa *importanza* perché stiate facendo questo viaggio."

Lo disse come un'affermazione, ma ovviamente la domanda era implicita. Le mie mani si strinsero. Sosteneva di volerci aiutare, ma tutti i miei sensi suggerivano che avesse altre intenzioni. Non avevo interesse nel raccontarle la storia di mia madre.

"Serenity si sta ancora adattando al suo nuovo ruolo," disse Aaron. Era l'unico che mi chiamava col mio nome completo – il nome che mia madre mi aveva esortato a mantenere segreto per tutto il tempo in cui avevamo vissuto nascoste. A volte mi sembrava ancora che si riferisse a un'estranea. In quel momento però, di fronte alla fata, ne apprezzai la formalità. "Non ci sono molti posti in cui un mutaforma drago può esercitare i propri poteri con una certa privacy."

"Ma immagino che la vostra gente sappia che siete venuti fin qui," rispose la fata. "Staranno attendendo il vostro ritorno."

"Torneremo presto," disse Marco. Mi trattenni dall'accigliarmi. Dove voleva arrivare?

Forse era arrivato il momento di farle qualche domanda. Non volevo dirle troppo di mia madre, ma avrebbe potuto sapere cose che io non sapevo.

"Mia madre è venuta qui almeno una volta, negli

ultimi anni," iniziai. "Anche a lei piaceva andare in montagna. Immagino che non l'abbiate mai 'incrociata'?"

La donna increspò le labbra. "Non riesco a ricordare l'ultima volta che ho visto un mutaforma drago su queste alture. Posso chiedere ai miei compagni se ne sanno di più."

Che risposta incredibilmente vaga. E se riusciva a dire che i ragazzi erano alfa solo percependolo, sicuramente aveva notato i segni che la mamma aveva lasciato sulle pareti. Forse pensava che li avessimo già visti?

"Sembra che tu conosca questa montagna meglio di noi," intervenne Aaron. "C'è qualcosa che dovremmo sapere per proseguire al sicuro, da qui in poi?"

La bocca della fata si curvò in un altro sorriso, ancora più freddo del precedente. "Siete i cinque mutaforma più potenti al mondo. Sono certa che nulla su questa montagna possa minacciarvi. Bene, sarà meglio che non ritardi ulteriormente il vostro cammino. Stiamo andando via, quindi dubito che le nostre strade si incroceranno di nuovo."

"Grazie per i vostri servizi di sterminio dei ribelli," disse Marco.

"È stato un piacere," rispose la fata senza alcun accenno d'ironia. Fece un passo indietro, verso un tenue raggio di sole che s'infiltrava dal soffitto. Con un balzo veloce, la sua figura oscillò e svanì nel bagliore.

"Dovremmo… preoccuparci?" Domandai, fissando il fascio di luce. Era ancora qui, invisibile, o potevamo credere che se ne fosse andata davvero? Non volevo parlare liberamente, nel caso si trattasse della prima opzione.

"Possiamo solo aspettare e vedere cosa succede," rispose Aaron, un po' cupo. "Continuiamo a muoverci finché è giorno."

5

Ren

Le labbra di qualcuno si muovevano sulla mia pelle nuda. La infiammava con un fiato caldo e il solletico dei suoi denti. Il mio respiro si stava già trasformando in ansiti affannati.

Mi baciò sulla gola, tra i seni e sul ventre. La sua lingua bruciava ovunque toccasse. Le dita si spostarono sui miei fianchi, ancora più calde della bocca. Si posarono sulle mie anche proprio quando il suo viso affondò nel mio sesso.

Un brivido di eccitazione e desiderio mi percorse. M'inarcai, incoraggiandolo, e lui mi prese nella sua bocca.

La sua lingua trovò il mio clitoride, e scintille di estasi presero a vorticare in tutto il mio corpo. Gemetti mentre lui succhiava più forte. Mi stava divorando come se volesse inghiottirmi tutta, e io lo volevo da morire. Ansimai, avvolgendo con le dita le ciocche morbide e lisce dei suoi capelli. Un bisogno più profondo si stava impadronendo di me. Il desiderio di sentirlo dentro, completamente. Di sapere che era mio, come io ero sua – in quel momento e per sempre.

"Ti prego," mormorai. "Ti prego." Gli tirai i capelli e lui sollevò la testa. Gli occhi verde scuro di West scintillarono. Le sue labbra si curvarono in un sorriso soddisfatto, e….

Mi svegliai di soprassalto, con il cuore in gola. L'aria gelida di montagna mi rinfrescò il viso arrossato. Il peso dello spesso sacco a pelo mi avvolgeva. Ero completamente coperta e completamente sola – era stato solo un sogno.

Ma, porca miseria, che sogno. Il mio intimo era fradicio sotto i leggings che indossavo per dormire. Il dolore del bisogno persisteva nel profondo del mio ventre. Sentii l'impulso di stendermi e darmi piacere io stessa, ma non ero davvero *sola* nella tenda. Marco era steso accanto a me; il brusio del suo respiro mi ricordava il leggero miagolio dei gatti quando dormono. E West, il vero West…

Mi voltai istintivamente per guardarlo, come per avere la conferma che fosse lo stesso ragazzo scontroso e distante che avevo dovuto costringere a baciarmi, qualche giorno prima. Ma, quando aveva ceduto, era stato un bacio meraviglioso. I miei occhi trovarono la sua sagoma nell'oscurità, steso a mezzo metro da me.

Non stava dormendo. La luce fioca del falò all'esterno filtrava attraverso la tenda, quel tanto che bastava per permettermi di vedere i suoi lineamenti. Mi stava fissando.

Il mio battito accelerò ancora una volta quando i

nostri occhi s'incontrarono. Mi aspettavo che distogliesse lo sguardo, che si girasse e mi tagliasse fuori. Invece, continuammo a fissarci. Sul suo viso non c'era la stessa passione sfrenata del mio sogno, ma un brivido si diffuse lo stesso sulla mia pelle. La sua espressione era tesa, ma nascondeva la stessa fame di quando aveva guardato il mio corpo nudo dopo la trasformazione. Come se fosse a un passo dall'allungare la mano e tirarmi a sé.

Era come se quello stesso sogno avesse svegliato anche lui. Improvvisamente, ne fui certa. Sentivo l'odore della sua eccitazione, come un profumo di pino muschiato. Ma stava cercando di combatterla.

Mi bagnai le labbra e il suo sguardo cadde sulla mia bocca. Prima che potessi decidere cosa fare di quel momento così strano – ma, *Dio*, così eccitante – Marco si mosse al mio fianco. Si avvicinò e mi accarezzò la nuca.

"Qualcuno ha bisogno di un po' di azione notturna?" Mormorò con la sua voce languida. Forse non era solo l'eccitazione di West quella che sentivo nell'aria. I miei nervi palpitavano per il desiderio. Avevo bisogno di *qualcosa*, questo era certo.

M'inarcai verso Marco, vogliosa, e lui mi baciò la gola. La cerniera del mio sacco a pelo sibilò quando la aprì per avere un accesso migliore.

Gettai la testa all'indietro per offrirgli il mio collo. La sua bocca mi marchiò a fuoco mentre si trascinava più vicino a me. La sua mano scivolò sotto la mia maglia. Gemette quando le sue dita sfiorarono i miei seni nudi. Li accarezzò abilmente, tracciando scie di piacere su tutto il mio petto. Io ansimai, e il mio sguardo cadde di nuovo su quello di West.

Stava ancora guardando. Le sue pupille si erano dilatate, sentivo il suo respiro accelerare col mio. La consapevolezza del suo desiderio mi eccitava ancora di più. Ansimai quando Marco mi pizzicò un capezzolo.

"Dimmi cosa vuoi, principessa," sussurrò dolcemente. "Farò qualunque cosa."

Quello che desideravo più di tutto era che West colmasse la distanza che ci separava, aggiungendo le sue labbra e le sue mani al mix. Solo il pensiero mi fece bagnare il doppio. In quell'istante, i miei ormoni ebbero il sopravvento sul mio buon senso. Allungai un braccio verso West, invitandolo ad avvicinarsi.

Prima ancora di completare quel gesto, West trasalì. Il suo sguardo saettò via. "*Non farlo*," disse con tono nervoso. Si scrollò il sacco a pelo di dosso e si alzò in piedi. Colpendo con violenza i risvolti della tenda, si precipitò fuori.

Marco ridacchiò con un filo di fiato. "Cambierà idea, principessa. Soprattutto quando avrà visto quanto è bello per noi altri. Ma non preoccuparti, posso farti vedere le stelle da solo."

Mi strinse a lui, catturando la mia bocca in un bacio così bollente da sopraffarmi con quel calore. Era difficile pensare a West quando avevo un uomo del genere proprio davanti a me.

Ricambiai il bacio, lasciando che tutto il mio bisogno e il desiderio si riversassero nei punti in cui i nostri corpi si toccavano. Lui scese con le mani più in basso, sfiorandomi il ventre e giocando con l'elastico dei miei leggings. Quando lo baciai più intensamente, fece scivolare una mano sotto il tessuto. Affondò la mano tra le mie gambe, sorridendo sulle mie labbra mentre gemevo.

La sua bocca rivendicò di nuovo la mia, le nostre lingue danzavano all'unisono. Le sue dita si muovevano esperte tra le mie pieghe sensibili, toccandomi con pressione crescente. Mi aggrappai a lui, tremando di piacere e spingendomi sulla sua mano.

"Proprio così, principessa," mormorò Marco. "Brava la mia ragazza." Continuava ad accarezzarmi dolcemente mentre lasciava una scia di baci sul mio petto, poi mi sollevò la maglia con l'altra mano. Il suo respiro si propagava sulla mia pelle nuda. Disegnò un cerchio sul mio seno con la lingua, poi mi succhiò un capezzolo.

Un piccolo grido di piacere mi sfuggì dalle labbra. Ero sull'orlo dell'esplosione.

"Hai un sapore così buono. Ho bisogno di assaggiarti dappertutto." Diede un'ultima leccata al mio seno prima di scendere verso il basso. Mi sfuggì un gemito di delusione quando la sua mano lasciò il mio sesso, ma fu solo per abbassarmi i leggings. Un secondo dopo, seppellì il viso tra le mie gambe.

Proprio come West nel mio sogno. Frammenti di quell'intimità immaginaria mi sfrecciarono nella mente quando Marco fece roteare la lingua sul mio clitoride. Ansimai, inarcandomi verso l'alto, e lui mi leccò ancora più giù. In preda all'ondata di lussuria che mi travolse, mi sembrò quasi che entrambi fossero lì, sia lui che West. Il mio sogno e la realtà che si fondevano insieme. Il dolore nel mio ventre si fece più forte. I miei fianchi sussultarono – volevo di più, volevo tutto.

Mi aggrappai ai capelli di Marco, ma lui non lasciò il

mio nucleo pulsante neanche per un secondo. Continuò a leccarmi il clitoride fino a farmi tremare. Testò la mia umidità con un dito, poi due, e infine le infilò dentro di me. Ansimai di nuovo quando il piacere si fece più intenso.

Marco mi mordicchiò, quel tanto che bastava per far scoccare una piccola scintilla di dolore in tutto quel piacere, e quello fu il mio limite. Venni, tremando nella sua bocca. L'orgasmo mi travolse, e le stelle che mi aveva promesso sfavillarono dietro le mie palpebre chiuse.

Marco sorrise e lasciò un ultimo bacio tra le mie gambe, mentre il mio tremore si placava. Tornò a stendersi accanto a me, avvicinando il mio corpo ardente al suo e sfiorandomi le labbra. Il mio sapore aspro era ancora sulla sua bocca. Mi strinsi a lui, appagata, eppure ancora vogliosa. La sua lunghezza marmorea pulsava sotto la lampo dei pantaloni. I suoi fianchi si strusciavano sui miei mentre con le mani mi accarezzava il sedere. L'elettricità riprese a scorrere nei miei nervi.

Sarebbe stato così facile sfilargli i pantaloni e aprirmi a lui, per suggellare la nostra unione e legarci per tutta la vita.

"Ren," Marco bisbigliò con la bocca sulla mia. Sentivo il desiderio nella sua voce. Anch'io lo volevo disperatamente, ma quando il suo corpo fu finalmente sul mio, guardai il sacco a pelo vuoto di West.

La passione di quella notte era iniziata con il mutaforma lupo – con lui e quel sogno bollente. E invece eccomi lì, a lasciarmi andare al piacere con Marco.

Sapevo davvero *cosa* volevo, nella frenesia di quel momento? Il legame tra compagni era per la vita. Quando l'avrei accettato, con ognuno dei ragazzi, volevo essere assolutamente sicura, senza alcun dubbio. Non volevo che la lussuria offuscasse il mio giudizio.

Marco si sistemò sopra di me in modo che i nostri corpi fossero perfettamente allineati. La sua erezione premeva tra le mie gambe. Stavo annegando nel suo calore.

Gli accarezzai la guancia e gli diedi un ultimo bacio, poi lo allontanai leggermente. Lui mi sorrise, con gli occhi così luccicanti di passione che il senso di colpa mi attanagliò lo stomaco. Ma quel sorriso svanì quando colse la mia espressione.

"Principessa?"

Trattenni un respiro spezzato. "Mi dispiace, non credo di essere pronta. Non ancora."

Non riuscì a nascondere la delusione che gli attraversò il volto, ma poi si ricompose con la solita indifferenza. Mi accarezzò la mano, di nuovo sorridente. "Ren, non voglio insistere. Ma tu capisci perché ti voglio così tanto, vero? La mia adorata Principessa delle Fiamme. Non hai idea di quanto tu sia importante per me."

Quelle parole dolci mi scaldarono il cuore. "Mi conosci a malapena," non potei fare a meno di rimarcare.

"Ti conosco abbastanza." Chinò il capo accanto al mio, non per baciarmi, ma per sussurrarmi all'orecchio. L'intenso aroma di caffè speziato mi riempì il naso. Mi venne l'acquolina in bocca.

"So che sei la donna più determinata che abbia mai conosciuto," sussurrò. "So che faresti qualsiasi cosa per difendere le persone che ami. So che a volte hai una lingua così tagliente da rivaleggiare con la mia. Non ho mai tenuto a nessuno quanto tengo a te. Su questo puoi giurarci."

Il suono delle sue parole al mio orecchio mi fece fremere. Si spostò sopra di me, e quasi gemetti per la sensazione della sua virilità ancora così dura. Strinsi le dita sulle sue spalle. Si dondolò dolcemente su di me, facendomi tremare il cuore. Restare razionale stava diventando sempre più difficile, ogni singola parte di me gridava per un altro orgasmo.

"E spero che tu provi almeno qualcosa di positivo nei miei confronti," aggiunse con tono soave.

"Credo che sia abbastanza ovvio," mormorai. Ma una risposta così vaga non era abbastanza. "Non si tratta di te. Tutta la situazione è così… Non è ancora normale, per me. Non mi sono mai impegnata con nessuno, figuriamoci con *quattro* ragazzi in così pochi giorni. Tu sei cresciuto sapendo che sarebbe andata così, ma io non riesco ad accettare l'idea così in fretta."

"Lo so, principessa. Lo so." Si fermò e mi baciò la guancia. "Aspetterò. Ma non posso fare a meno di voler iniziare la nostra vita insieme il prima possibile, ora che ti ho trovata."

La gola mi si strinse per l'emozione a quelle parole. "Presto sarò pronta," risposi. "Ci sto arrivando".

O almeno, lo speravo. All'improvviso il mio petto divenne un caos di sensazioni ingarbugliate. La lussuria era facile. Ma l'amore… Per quanto fossi attratta da loro, sarei stata in grado di dare a quei ragazzi tutto il mio cuore?

6

Marco

La mia vita era stata piena di sofferenze. Nominatene una, e probabilmente l'avevo vissuta almeno una volta. Ma non avevo mai sperimentato una tortura tanto squisita come svegliarmi accanto alla mia compagna, ancora non del tutto mia.

Ren stava ancora dormendo. La sua espressione era dolce, e le onde scure dei suoi capelli scompigliati ricadevano dalla parte superiore del sacco a pelo. Volevo darle un bacio delicato, degno dell'angelo che sembrava in quel momento. Ma volevo anche stringerla a me e travolgerla di passione finché non avesse acconsentito a finire quello a cui ci eravamo avvicinati tanto la notte precedente.

Il mio sesso s'indurì al ricordo della sensazione di lei. Il suo odore che m'inebriava, il suo sapore che mi riempiva la bocca, il piccolo grido che le era sfuggito mentre veniva. Potevo portarla ancora più in alto, se solo me ne avesse dato occasione.

Aveva bisogno di tempo per sentirsi sicura, era comprensibile. Quello che noi avevamo aspettato per quasi vent'anni, lei aveva avuto solo qualche giorno per elaborarlo. Ero un felino, no? Sapevo come dare spazio a una persona.

Per quanto farlo sarebbe stato doloroso.

Mi stiracchiai sul terreno duro, desiderando che la mia erezione si attenuasse. Quella donna fata – pensare a lei avrebbe spento qualsiasi fuoco. Ero certo che se mi avesse toccato, mi si sarebbe raggrinzito come una foglia d'autunno caduta al suolo.

Proprio come pensavo, quell'immagine funzionò. Mi raffreddai del tutto. Mi tolsi il sacco a pelo e uscii dalla tenda.

Nate stava guardando una padella sfrigolare sul fuoco. Avevamo portato una bella scorta di pancetta essiccata, e anche se non c'era bisogno di cuocerla, era molto più buona fritta. L'aroma salato e carnoso mi stuzzicò le narici. Il mio stomaco brontolò. Non ero mai stato un grande fan delle escursioni, e tutto quello scalare mi aveva fatto venire fame.

Se non potevo divorare Ren, almeno volevo darci dentro con la colazione.

"Dove sono il lupo e l'aquila?" Chiesi, sedendomi accanto al fuoco e allungando le gambe. Il fumo turbinava verso una piccola crepa nel soffitto della grotta. "E quanto manca alla cottura di quella pancetta?"

"Puoi averla adesso," disse Nate con un accenno di

sorriso. L'orso sembrava più rilassato quella mattina, anche se aveva passato la seconda metà della notte sveglio a fare la guardia. Tirò fuori dalla padella un paio di strisce di pancetta e me le lanciò con grazia sorprendente. Le afferrai al volo e iniziai a mangiarle. Il maiale caldo e croccante mi bruciò la lingua, ma era buonissimo.

"Panini al burro," aggiunse Nate, lanciandomi il sacchetto. Quelle morbide pagnottelle non erano buone neanche lontanamente quanto la carne, ma davano una bella dose di energia all'inizio della giornata. Nate ne mangiò uno mentre gettava nella padella altre strisce di pancetta. "Aaron e West stanno perlustrando velocemente la caverna, in entrambe le direzioni. Aaron non voleva essere imprudente, dopo ieri."

Per via della fata o della donnola? Entrambi erano motivi di preoccupazione. Aprii la pagnottella a metà e ci misi dentro il resto della pancetta, preparandomi una specie di tramezzino. Nel giro di un minuto lo trangugiai e ne cercai un'altra. Nate mi guardò con aria stupefatta quando tornai a guardare la padella.

"Dobbiamo mangiare *tutti*," mi rimproverò. "Ren dorme ancora?"

Annuii. "Ho pensato che la principessa avesse bisogno del suo sonno di bellezza."

Nate sembrò leggermente irritato, come se pensasse che quell'osservazione fosse un insulto. "Se la sta cavando alla grande."

"Certo che sì," risposi, invitandolo a rilassarsi con un cenno della mano. Ren era ancora meno preparata di noi a quello sforzo fisico. E si era trasformata in drago due volte quel primo giorno. L'avrei lasciata dormire fino a mezzogiorno senza giudicare, se avessi potuto. Ma dovevamo arrivare alla svelta alla fine di quel cammino. I panini stavano già diventando acidi e stantii.

"West stava dormendo accanto al fuoco, quando sono tornato dal giro di guardia," disse Nate, punzecchiandomi. "Invece che nella tenda."

Scrollai le spalle. "Sai com'è il lupacchiotto. Ha ancora dei problemi con la nostra Principessa delle Fiamme che invade il suo spazio personale."

L'alfa dei canidi era un idiota. La compagna che avevamo aspettato per tutta la vita era lì, proprio di fronte a lui, praticamente pregandolo di stare con lei, e lui continuava a voltarle le spalle. Ero certo che la desiderasse tanto quanto me. Non riuscivo proprio a capire quel tipo di abnegazione.

Un rumore di passi risuonò sul pavimento roccioso, poi comparve Aaron. La sua espressione pensierosa svanì quando sentì l'odore del cibo. Si avvicinò al fuoco e agguantò un pezzo di pancetta dalla padella. Che spaccone.

Lo squadrai mentre si accovacciava accanto al fuoco. Che aveva fatto, esattamente, per essere scelto da Ren per primo? Aveva scelto lui, ma continuava a respingere il resto di noi. Voglio dire, ero quantomeno alla pari con quel cervello da uccello.

"Nulla di preoccupante davanti a noi", annunciò. "Almeno da quello che ho visto io."

"Neanche dietro di noi", disse West, emergendo dall'ombra nell'altra direzione. Fletté il collo facendolo schioccare. "Mangiamo e mettiamoci in marcia. Dov'è Ren?"

"Eccomi, arrivo," mormorò assonnata. Il nostro drago fece capolino dalla tenda, passandosi le mani tra le onde arruffate dei capelli. Anche appena sveglia e con i vestiti stropicciati, era il più bell'esemplare di donna che avessi mai visto. La guardai attentamente, godendomi lo spettacolo.

Alzò la testa e annusò l'aria. "Ancora pancetta?"

"Accontentati di quello che abbiamo, Scintilla," brontolò West. La sua solita espressione rude si fece ancora più burbera. Già, il lupo aveva qualche problema da risolvere. Peccato per lui. Non faceva altro che lasciare più spazio alle mie mosse.

Ren si avvicinò. "Oh, non mi lamento. Non mangerei altro che pancetta per il resto della mia vita se non rischiassi di prendere lo scorbuto." Si sedette a gambe incrociate tra me e Aaron, facendo un verso di apprezzamento quando Aaron le passò qualche striscia di carne.

Persino il modo in cui sgranocchiava la pancetta era così sexy da farmi eccitare. Maledizione, questa storia del legame era brutale. La più dolce e straziante delle torture.

Una sensazione molto meno piacevole mi attorcigliò l'intestino. Il mio corpo si pietrificò. Mi accigliai mentre il mio stomaco in subbuglio gorgogliava. Non mi piaceva per niente. Che stava succedendo alle mie viscere, tutto d'un tratto?

"Cosa c'è che non va, Marco?" Chiese Aaron.

"Niente," risposi con un gesto di sdegno. "Solo una piccola–"

Stavo per dire indigestione, ma prima che riuscissi a tirar fuori le parole, il mio corpo fu attraversato da un calore febbricitante. Il mio stomaco si ribaltò del tutto, risalendo verso la gola. Non potei far altro che voltarmi prima di vomitare per terra il cibo che avevo appena mangiato.

Ren

Marco si accasciò con un gorgoglio nauseabondo. Saltai in piedi, con il battito a mille. Le mie dita affondarono nel panino che avevo appena preso. Il sapore salato della pancetta mi si inacidì in bocca.

Anche gli altri si alzarono di scatto. Aaron corse accanto a Marco. "Sto bene," protestò il mutaforma giaguaro, proprio prima di avere un altro conato di vomito. Si strinse lo stomaco con le mani. West lo guardò, restando rigido. Nate fece un passo verso di lui e si fermò, portandosi una mano all'addome. Una goccia di sudore gli luccicò sulla fronte.

"Non sta bene," disse. "E credo di star male anch'io."

"Il cibo," sbottò West. Si abbassò accanto allo zaino che avevamo riempito con le nostre scorte, piegandosi per fare un respiro profondo. Annusò il pacco di pancetta, lo gettò di lato e afferrò i panini. Quando avvicinò il naso all'apertura del pacco, strinse gli occhi. Inalò di nuovo, lentamente e con attenzione.

"Sono contaminati," disse.

Non feci in tempo a capire cosa intendesse di preciso.

Nate girò attorno al fuoco e schiaffeggiò via la pagnotta che ancora stringevo tra le dita. Lo guardai sbattendo le palpebre, scuotendo la mano dolorante.

"Scusa," disse storcendo la bocca. "È solo che... Non potevo lasciare che–"

Barcollò verso la parete della grotta e si accasciò a terra. Lo sguardo di Aaron saettò verso West.

"Di che stiamo parlando? Quanto è grave?"

"Una specie di tossina," rispose West. Tirò fuori un panino e lo spezzò per annusarlo attentamente. "Una sostanza naturale, non artificiale. Difficile da rilevare senza saperlo. Era quello l'intento, ovviamente."

"Sono stati avvelenati?" Urlai. "E ora che facciamo?"

"Quanti ne hai mangiati?" Chiese West a Marco.

"Un paio," balbettò Marco. Si pulì la bocca, i capelli scuri gli ricadevano sugli occhi socchiusi. Guardava dall'altra parte come se si vergognasse, come se pensasse che avrei potuto provare qualcosa di diverso dalla preoccupazione e dalla compassione, nel vedere i miei compagni in quello stato. Piantai le mani sui fianchi.

"Io ne ho mangiato solo uno," disse Nate vicino al muro, con voce provata. Un brivido scosse le sue gambe distese.

"Non sono avvelenati pesantemente," intervenne West. "Altrimenti ce ne saremmo accorti subito. L'effetto si farà sentire, ovviamente, ma mi stupirebbe se il veleno fosse sufficiente a uccidervi."

Marco sbuffò. "Oh, *davvero* confortante."

Se riusciva ancora a sfoggiare sarcasmo, non poteva essere in grave agonia. Ma di sicuro era in un pessimo stato. Aveva le braccia strette sullo stomaco. Guardai lui e

Nate, volevo fare qualcosa per loro, confortarli entrambi. "Chi può essere stato? Chi avrebbe voluto farlo? Pensate che… quella donnola, ieri…"

West fece una smorfia. "C'è un leggero odore di mustelide. Hanno tutti un non so che di oleoso. È decisamente lui il nostro colpevole."

Quello almeno spiegava il *perché*: i ribelli volevano attaccarci in qualsiasi modo possibile. Non dovevamo temere altre minacce da parte sua, visto che le fate l'avevano fatto fuori. Ma… "*Quando* avrebbe potuto farlo? Ieri mattina tutti noi abbiamo mangiato i panini, e non abbiamo avuto problemi. Sono stati chiusi nel pacco da allora, giusto?"

Aaron annuì. "E non li abbiamo mai persi di vista."

"C'è stato qualche momento in cui non abbiamo tenuto sott'occhio le scorte," sottolineò Nate. "Mentre montavamo la tenda e durante la pausa per il pranzo."

"Avremmo fiutato la donnola stessa se si fosse avvicinata." West mise giù il sacchetto di panini, con gli occhi stretti in due fessure. "Sembra quasi che ci abbiano raggirato con la magia, no?"

Aaron gli lanciò un'occhiata tagliente. "È meglio non fare accuse di cui non abbiamo prove."

"Sì," concordò West, tirandosi su. "Ma è una cosa da tenere a mente."

Magia. Pensava che le fate avessero aiutato la donnola ad arrivare a noi? Ma anche se avessero voluto farci del male, perché avrebbero ucciso un loro alleato, fingendosi dei nostri?

Non ero certa che fosse sicuro chiedere. La fata aveva detto che la sua gente stava lasciando la montagna, ma se erano addirittura ricorsi all'avvelenamento, ovviamente non potevamo fidarci di niente di quello che diceva. E il modo in cui era apparsa dal nulla… Come potevo sapere che non stesse ascoltando la nostra conversazione, in quel momento?

Un brivido inquietante mi solleticò la pelle.

Marco si spinse indietro verso il fuoco, lontano dalla pozza del suo malessere. Come Nate, aveva il viso pallido ricoperto dal luccichio del sudore. Il braccio gli tremava nel tentativo di sostenere il suo peso, ma i suoi occhi erano abbastanza limpidi.

M'inginocchiai accanto a lui, stringendogli la spalla in un modo che speravo dimostrasse quanto tenessi a lui. "Dovresti riposare finché non ti sentirai meglio." Guardai Nate. "Anche tu. Non voglio che finiate per stare ancora *peggio* di così."

Il mio sguardo si spostò su Aaron. Era quello che aveva passato più tempo sui libri, e magari aveva sfogliato qualche manuale di medicina durante i suoi studi. "C'è qualcosa che possiamo fare per aiutarli a riprendersi in fretta?"

Gli occhi azzurri di Aaron erano solenni. "Ogni veleno ha un antidoto, ma siamo piuttosto a corto di provviste. E non siamo neanche certi di quale sia il veleno. West, abbiamo preso il kit di pronto soccorso dal furgone, vero? C'è del carbone attivo lì dentro?"

L'amarezza di West si alleggerì per un attimo. "Può darsi. Abbiamo avuto problemi di droga con alcuni mutaforma adolescenti, quindi ci piace averlo a portata di mano, in caso di overdose. Lo cerco."

Mentre rovistava negli zaini, andai da Nate. L'orso inclinò la testa verso di me quando gli cinsi una guancia.

"Starò bene," disse un po' debolmente. "Il veleno deve solo fare il suo corso."

Ma eravamo molto più deboli con due alfa che riuscivano a malapena a sedersi dritti. Gli accarezzai il braccio, la mia impotenza mi distruggeva. I miei compagni avevano bisogno di me, e io non potevo fare nulla per aiutarli. Neanche il mio drago poteva spazzare via il veleno con il fuoco. E, ovviamente, Nate doveva comportarsi da stoico, perché la mia preoccupazione era un problema più grande del fatto che fosse stato *avvelenato*.

Strinsi i denti. Se quella donnola non fosse stata incenerita dalla magia delle fate, le avrei dato subito la caccia. E non mi sarei neanche fermata a fare domande. Un bel bocconcino per draghi – ecco cosa sarebbe diventata.

West si avvicinò di corsa, con in mano un barattolo di polvere nera. Ne versò un po' su un cucchiaino e la offrì a Nate. "Ha un sapore orribile, ma ti aiuterà a eliminare il veleno dallo stomaco."

Nate mandò giù la polvere e fece una smorfia. Iniziò a cercare di mettersi in piedi, e io gli afferrai il braccio.

"Non ci pensare neanche. Vacci piano, per una volta. Ho bisogno che tu ti senta meglio, non che stramazzi a terra."

Si rimise seduto, esitante. "Non possiamo restare qui tanto a lungo. Ci sono altri ribelli che l'hanno fatta franca, e potrebbero essere sulle nostre tracce."

"Oppure qualcun altro sta cercando di farci del male," mormorò West cupo.

"E abbiamo appena perso buona parte delle nostre scorte di cibo," aggiunse Marco. Si distese sulla schiena, i muscoli del suo petto si gonfiavano al ritmo dei suoi respiri. "Beh, immagino che questo viaggio sia appena diventato molto più avvincente."

7

Ren

L'aria aperta mi solleticava le ali. Mi precipitai in picchiata sul fianco della montagna, assaporando la velocità del mio corpo di drago. Dopo tutto quel tempo rinchiusa nelle grotte, il senso di libertà mi rese euforica. Parte di me voleva sbattere le ali il più forte possibile e librarsi in volo intorno alle cime imponenti, ma frenai i miei impulsi. Non ero lì per divertirmi.

La mia vista acuta passò di nuovo in rassegna il terreno roccioso. Aaron aveva fatto bene a dubitare delle possibilità di caccia lassù; non avvistai nulla di vivo a quelle altezze.

Mi seguiva in forma di aquila, impegnato nella sua perlustrazione, ma tenendomi d'occhio durante il volo, in caso avessi perso il controllo della trasformazione. Non ero esattamente *felice* di avere un babysitter, ma allo stesso tempo era confortante. Le ultime due volte che avevo esaurito le energie e mi ero dovuta ritrasformare, non avevo avuto molto preavviso.

Svoltai per planare più in basso sul pendio, dove qualche albero e arbusto riusciva ad aggrapparsi alla roccia. L'oscurità densa della notte avrebbe nascosto la mia immensa figura squamata a chiunque avesse alzato lo sguardo dalla città sottostante. Tutto quello che riuscivo a vedere di Sunridge era un tenue bagliore puntinato, in mezzo al paesaggio cupo delle montagne.

Mentre Marco e Nate si rimettevano in forze, West — che sembrava avere un olfatto infallibile — aveva controllato il resto delle scorte. Oltre ai panini al burro, avevamo dovuto buttare un bel po' di carne essiccata e un sacchetto di mele. I miei preziosi nachos erano salvi, ma non ci avrebbero portato lontano.

Quindi, anche se la caccia non si stava rivelando fruttuosa, non avevamo altra scelta. Una volta che avevamo ripreso a camminare – più lentamente, per non affaticare i ragazzi più deboli – avevamo trovato un'apertura nel soffitto, abbastanza ampia da riuscire a passarci in forma di drago. Certo, non era stato facile per quanto era stretta.

La mia attenzione tornò al presente. Avevo scorto un'ombra in movimento nella rada boscaglia: una grossa lepre che saltava incerta da un cespuglio all'altro. Non era un granché per cinque persone, ma a quel punto mi sarei accontentata di qualunque cosa.

Scesi in picchiata, allungando le zampe anteriori. La lepre si pietrificò al suono della mia discesa. All'ultimo secondo decise che correre sarebbe stata una strategia migliore. Troppo tardi, l'afferrai con una zampa. Le recisi il collo con un artiglio per impedirle di dimenarsi.

Ucciderla era stato più semplice di quanto mi aspettassi. Un istinto naturale aveva preso il sopravvento. Mi ricordai di quello che aveva detto West qualche sera prima, dopo aver ucciso il cervo. *Siamo tutti predatori qui.* In quel momento pensavo che parlasse degli alfa, ma si riferiva anche a me.

Non volevo *abituarmi* a uccidere.

I miei muscoli stavano iniziando a contorcersi nel bisogno di abbandonare quella forma. Avevo resistito per un po', ormai; più a lungo delle altre volte, ma non volevo sfidare la sorte. Sfrecciai lungo il fianco della montagna, verso la crepa da cui eravamo emersi. Aaron mi seguì, stringendo un coniglio più piccolo.

Il pizzicore s'insinuò più in profondità nelle mie ossa. Serrai la mascella, dovevo resistere. Se fossi tornata umana lì fuori, sul versante montuoso, completamente nuda… Se ci fossimo ritrovati troppo lontani dalla grotta, neanche Aaron sarebbe riuscito a riportarmi indietro prima che morissi per congelamento. E allora non ci sarebbe più stato alcun drago mutaforma.

Spinsi le ali verso l'alto, ma non era più così esaltante. Adocchiai la mia salvezza poco più avanti: una nuvola di fumo fluttuava nell'aria fredda.

Il bordo ruvido della roccia mi graffiò le squame mentre precipitavo. Mi trasformai durante la caduta, colpendo terra con le ginocchia già in parte umane. L'impatto mi scosse le ossa.

Ma stringevo ancora la folta pelliccia della lepre tra le dita.

Nate si affrettò a portarmi i vestiti. L'orso si muoveva ancora più lentamente del solito, ma con il passare delle ore aveva riacquistato un colorito più sano. Il carbone che West aveva dato a lui e Marco aveva aiutato tanto. Mi terrorizzava l'idea di cosa sarebbe potuto succedere se i ragazzi avessero mangiato più panini, o se li avessimo mangiati tutti.

Lasciai che Nate mi avvolgesse il giubbotto intorno alle spalle per evitare un freddo peggiore, poi m'infilai il resto dei vestiti il più velocemente possibile. A metà dell'opera stavo già tremando. Mi precipitai verso il fuoco, dove Nate aveva già portato la lepre e il coniglio.

Il mio mutaforma aquila si stava ancora infilando la maglietta. Vedere il suo petto muscoloso scomparire sotto il tessuto – sul serio, aveva una tartaruga del genere? – mi fece assalire da un tipo di brivido completamente diverso. Okay, mi ero decisamente riscaldata.

Marco era sdraiato accanto al fuoco, anche lui sembrava meno agonizzante. Ma sapevo che il veleno l'aveva colpito più duramente rispetto a Nate, probabilmente perché ne aveva ingerito una dose maggiore. Storse un po' la bocca quando si piegò per afferrare la barretta ai cereali che West gli aveva lanciato. E le sue battute non avevano la stessa leggerezza del solito.

"Sarà meglio che i ribelli non ci diano più fastidio," disse con nonchalance. "Adesso hanno *davvero* un conto in sospeso con me. Un conto che mi piacerebbe riscuotere. In ossa rotte, sarebbe l'ideale."

West alzò gli occhi al cielo, chinandosi per dare un'occhiata al fuoco. Stavamo per finire anche la legna. Era troppo pesante perché riuscissimo a trasportarne molta, e non eravamo riusciti a trovarla da nessuna parte da quando eravamo entrati nelle grotte. Probabilmente l'indomani avrei dovuto fare un altro giro in volo.

"Evidentemente non ti hanno danneggiato più di tanto," disse West a Marco. "Continui a parlare a vanvera, come sempre."

Marco gli rispose con un'occhiata malefica. "Ci vuole molto più di un paio di pagnottelle avvelenate per mettere fuori gioco il capo di tutti i felini."

"Non sappiamo cos'altro proveranno a fare." Nate affondò il coltello nella pelle della lepre, per scuoiarla. "Dovremo stare in massima allerta, stanotte."

"Pensate sul serio che dovremmo preoccuparci di… qualcun altro, oltre i ribelli?" Osai chiedere. Ancora non sapevo se fosse saggio parlare direttamente delle fate. West stesso si era limitato a insinuare il loro coinvolgimento, quella mattina.

Aaron capì chiaramente cosa intendevo. "Ci sono degli accordi tra tutte le principali comunità soprannaturali," replicò. "Attaccarne i leader, senza essere provocati, porterebbe a gravi conseguenze. Sarebbe un rischio enorme."

"Se solo si riuscisse a risalire al colpevole," borbottò West. "Basta farlo fare a qualcun altro per passarla liscia."

"I rapporti tra le comunità sono così pessimi da *volerci* togliere di mezzo?" Domandai.

Aaron scosse la testa. "Io non credo. È possibile, ma West sta saltando alle conclusioni più disastrose, senza considerare quelle più probabili."

"Facile a dirsi, se puoi semplicemente volare via

quando il gioco si fa duro, aquilotto," lo punzecchiò Marco.

Stava chiaramente scherzando, ma vidi la mascella di Aaron serrarsi. Qualche notte prima mi aveva raccontato di come le altre famiglie di mutaforma vedessero i volatili come inferiori – come se fosse il meno importante degli alfa. Lui non era d'accordo, ma commenti così fuori luogo dovevano bruciare un po'. Sapevo che non ci avrebbe mai abbandonato se le cose si fossero messe male.

"Non lo farebbe mai," intervenni. "Stiamo facendo tutti del nostro meglio."

"Il meglio che possiamo fare è andarcene da questa montagna," ribadì West. "Immagino che tu non abbia idea di quanto *altro* ci vorrà, Scintilla?"

Arricciai le labbra sentendo il soprannome, ma allo stesso tempo mi si annodò lo stomaco. Sentivo ancora il richiamo verso qualunque cosa ci stesse aspettando, ma non avevo idea di quanta strada mancasse. Se avessi potuto correre avanti da sola...

Ma sarebbe stato stupido. Ed era esattamente quello l'obiettivo di chi stava cercando di sbarazzarsi di me. Quegli attacchi erano sempre stati diretti ai draghi. I ribelli volevano eliminare la mia stirpe, e i miei alfa si erano fatti male solo perché intralciavano i loro piani.

"Non può essere tanto lontano," mi costrinsi a dire. "La *montagna* dovrà pur finire, prima o poi."

"E domani io e Marco dovremmo riuscire a tornare al solito ritmo," disse Nate. Mise la carcassa scuoiata sul fuoco. Le fiamme lambirono la carne, diffondendo un delizioso profumo di arrosto. "Non ha senso angosciarsi per cose che non possiamo sapere. Dobbiamo solo prepararci al meglio, e saremo pronti per qualsiasi evenienza."

Avrei voluto avere la sua stessa sicurezza. Non riuscivo neanche a restare in forma di drago per più di dieci minuti alla volta.

Ma anche se la domanda di West era stata un po' dura, non aveva tutti i torti. I ragazzi erano lì a causa mia, per la missione che la mamma mi aveva affidato. Se a Marco e Nate fosse successo qualcosa di peggiore dell'avvelenamento, sarebbe stata colpa mia.

Il solito prurito alle dita mi assalì, ma non c'era nulla di allettante da rubare.

Perché tutto ciò che mi circondava era a un passo dall'essere mio, realizzai. In quegli ultimi giorni, la mia mente si era tanto abituata all'idea che io e i ragazzi condividessimo un legame inspiegabile, che ormai erano diventati parte della mia cerchia ristretta. Quella che fino a quel momento aveva incluso solo me, mia madre e Kylie. Non c'era sollievo nel rubare a persone che erano dalla mia parte.

La tensione mi accompagnò per tutta la cena. Quasi non avevo più fame, ma mi costrinsi a mandar giù la mia porzione di coniglio, seguita da una barretta ai cereali che mi avrebbe aiutata a mantenermi in forze.

Marco e West fecero il primo turno di guardia. Io andai ad aiutare Aaron a montare la tenda, mentre Nate finiva di mettere in sicurezza l'accampamento.

Quando le nostre dita si toccavano, o mi sfiorava per caso mentre fissavamo le aste, un altro tipo di fame si faceva strada dentro di me. Il bisogno di sentire la nostra connessione, di ricordare a me stessa che era giusto che fossero tutti lì con me.

Quando c'infilammo all'interno, gli presi la mano e lo tirai giù per farlo sedere accanto a me, sul mio sacco a pelo. Mi strinse tra le braccia e mi baciò. In quel momento, con la sua lingua che mi schiudeva le labbra e il calore del suo corpo sul mio, tutte le mie preoccupazioni svanirono. Ero proprio dove dovevo essere, insieme agli uomini con cui ero destinata a passare la vita.

Ci stendemmo di lato sulla superficie imbottita, volevo sentirlo sul mio corpo dalla testa ai piedi. Mi cinse con un braccio e iniziò a giocherellare col pollice sulla mia pelle nuda, appena sotto la maglietta. Tremai di piacere e lo baciai ancora più intensamente.

Sentii un risvolto della tenda aprirsi. Mi staccai dalle labbra di Aaron per alzare lo sguardo. Era entrato Nate, piegato in avanti per non ribaltare la tenda con la sua altezza.

L'ardore brillò nei suoi occhi quando ci vide, ma esitò come se fosse incerto se farsi avanti o tornare indietro.

Improvvisamente, avere solo Aaron non sembrava più abbastanza. Avevo bisogno di qualcosa di più, di assaporare completamente il desiderio e la passione del legame che ci univa tutti.

Il giorno prima avevo quasi ceduto a quell'impulso, con Marco e West. I ragazzi pensavano che fosse normale, quindi perché avrei dovuto trattenermi?

Feci un respiro profondo e allungai una mano.

Un sorriso si allargò sul volto di Nate. Si accovacciò accanto a me dall'altro lato, posando un bacio sulla mia nuca. In un batter d'occhio, il calore mi avvolse.

Il profumo muschiato dell'orso si unì a quello salmastro della mia aquila. Inspirai a fondo e catturai le labbra di Aaron in un altro bacio.

Due paia di mani esploravano il mio corpo, due bocche marchiavano la mia pelle. La lingua di Aaron era avvolta alla mia, mentre quella di Nate lambiva l'incavo della mia spalla. L'orso mi avvolse con un braccio, accarezzandomi i seni. Le dita di Aaron tracciarono una scia sulla mia vita, poi spinsero i miei fianchi verso i suoi. La sua erezione premeva su di me, piacevolmente dura. M'inarcai verso lui con un gemito.

Nate mi sollevò la maglietta, e l'aquila si fece indietro per permettergli di sfilarmela. Poi Aaron mi sganciò velocemente il reggiseno. Gli strattonai la maglia, impaziente di vedere quel petto marmoreo che avevo solo intravisto un'ora prima. Si spogliò, e Nate fece lo stesso dietro di me, con un sorrisetto sul viso. Quando entrambi si avvicinarono di nuovo, il calore tra noi – pelle contro pelle – era un vero e proprio incendio.

Aaron reclamò la mia bocca e allo stesso tempo cinse i miei seni nudi. Con un solo tocco, i miei capezzoli si fecero turgidi. Nate iniziò a baciarmi lungo la schiena. Ogni volta che le sue labbra mi toccavano la pelle, un'ondata di estasi si riversava dentro di me. Ansimavo e mi contorcevo, con un bisogno disperato di sollievo – di qualsiasi tipo, qualunque cosa volessero darmi.

Nate indugiò sul mio fondoschiena, facendo scivolare la lingua sulla mia pelle sensibile. Gemetti per incoraggiarlo. Aaron mi sfiorava i capezzoli con carezze circolari dei pollici, facendoli indurire ancora di più. Ogni singolo movimento non faceva che accrescere la fiamma del mio desiderio. Poi la mano di Nate scivolò sul mio sedere, finendo tra le mie gambe.

Ansimai ancora, spingendomi sul suo tocco. I miei slip sembravano completamente bagnati. Riusciva a sentire quanto ero eccitata attraverso il tessuto dei pantaloni?

Aaron abbassò la testa per succhiare la punta del mio seno, mentre Nate mi toccava tra le gambe. Mi sfuggì un gemito. Sentire le attenzioni di entrambi, contemporaneamente, era travolgente – ma, wow, era meraviglioso.

Oscillai con i fianchi, e il mio clitoride sfiorò la virilità di Aaron. All'improvviso, non riuscii più a resistere. Gli strattonai i pantaloni, armeggiando col bottone, poi li tirai giù i fino alle ginocchia. Lui gemette quando lo presi nella mia mano. La sua lunghezza dura e liscia pulsava nel mio palmo.

"Serenity," mormorò. Sembrò quasi una domanda, e stavolta conoscevo la risposta perfetta.

"Dentro di me," dissi con un filo di fiato. "*Adesso.*"

I due uomini mi sfilarono i pantaloni insieme. Aaron mi fece girare in modo che fossi di fronte a Nate. Mentre l'orso si chinava per baciarmi sulle labbra, l'aquila mi toccava tra le gambe da dietro. Come aveva fatto Nate fino a poco prima. Dal verso di soddisfazione che gli sfuggì, era felice di trovarmi totalmente bagnata. Affondò le dita nel mio nucleo caldo e umido, e io gemetti nella bocca di Nate. Poi il suo sesso sfregò tra le mie pieghe. Tremai dal piacere, già sul punto di perdere la testa.

Scivolò dentro di me con una spinta lenta e decisa, e una scarica di goduria mi pervase. Non mi ero mai sentita tanto completa come quando facevamo l'amore. Ma c'era anche Nate lì con me, che mi baciava tra un gemito e l'altro, mi accarezzava i seni e muoveva una mano per massaggiarmi il clitoride.

Aaron si spinse più in profondità, tenendomi ferma per i fianchi. Il piacere che mi assaliva aumentava ogni volta che la sua lunghezza sprofondava dentro di me, a ogni movimento delle mani di Nate, fino a diventare quasi insopportabile. Dovevo ricambiare.

Afferrai i jeans di Nate, e lui li sbottonò in fretta e furia. Sussultò quando la mia mano scivolò al loro interno. Le mie dita si chiusero attorno al suo sesso, duro quanto quello di Aaron ma ancora più grande – decisamente adatto al corpo massiccio di un mutaforma orso. Gemetti solo al sentirlo.

Strinsi con decisione la sua pelle setosa, iniziando a muovere la mano su e giù al ritmo delle spinte di Aaron. La sua punta si bagnò dal piacere. Spalmai quell'umidità su tutta la sua lunghezza, facendolo gemere mentre premeva la bocca sulla mia.

Aaron si sistemò in modo da riempirmi ancora più completamente. La sua virilità sfiorò il punto più dolce dentro di me, e mi sentii trascinare verso l'apice dell'estasi più totale. Strinsi Nate ancora più forte, muovendo la mano più veloce, e lui inarcò i fianchi verso di me. I suoi baci divennero affannosi, proprio come il mio respiro. Mi toccò un'ultima volta il clitoride, e il mio orgasmo esplose come fuochi d'artificio.

Il piacere mi travolse e, quando strinsi di più il sesso di Nate, lui mi seguì. Un liquido caldo mi bagnò la pancia. Poi, con qualche ultimo colpo del bacino, venne anche Aaron. Mi morse la spalla mentre il suo seme si riversava dentro di me. Quel miscuglio di dolore e piacere fu abbastanza da riportarmi oltre il limite.

Collassammo l'una sull'altro, ansimanti e senza forze. Nate mi scostò una ciocca di capelli umidi dalla fronte, e vi posò un bacio. "Il nostro drago," sussurrò, così teneramente che mi fece male il cuore.

Aaron afferrò il suo sacco a pelo e lo tirò su di noi come una coperta. Mi addormentai così, avvinghiata ai miei due compagni, e per un po' dimenticai che la parte più difficile di quel viaggio ci stava aspettando.

8

Ren

"Direi che ci stiamo avvicinando," dissi, sentendomi poi in imbarazzo per la stupidità di quel commento. Era ovvio che ci stessimo *avvicinando*, altrimenti tutto quel camminare sarebbe stato inutile. Quello che intendevo, in realtà, era che in quel momento eravamo *vicini*. Nel corso di quella mattina, mentre avanzavamo nella grotta, il richiamo dentro di me era diventato uno strattone. Ma non ero del tutto certa di cosa significasse *vicini*, e non volevo rischiare di dirlo, nel caso mi stessi sbagliando. Immaginavo già lo sguardo che mi avrebbe rivolto West.

"Per essere la casa vacanze delle fate, questo posto avrebbe davvero bisogno di un'illuminazione migliore," commentò Marco, un po' infastidito. Non c'erano crepe nel soffitto da almeno un paio d'ore. L'unica luce che rischiarava le pareti di roccia era quella della torcia di Aaron.

"È una cosa tipica delle fate?" Chiesi. Non mi sembrava pericoloso fare domande generiche su di loro. "Spostarsi da una casa all'altra?"

"Non se non hanno precisi affari da sbrigare," rispose Aaron. "Di solito, ogni membro della loro specie ha un'affinità speciale con un albero o uno stagno in particolare, e la loro magia s'indebolisce se si allontanano a lungo."

"Se questa montagna è speciale per i draghi, forse ha qualche importanza anche per le fate," sottolineò Nate.

Ripensai al ricordo che mi era tornato alla mente, della mamma che parlava con un uomo fata. "Vi è mai capitato di sentir parlare di draghi e fate che… lavorano insieme? Non sapete se avessero un legame di qualche tipo?"

Aaron corrugò la fronte. "Non ho mai trovato nulla su una collaborazione, nelle mie ricerche sulla nostra storia. Ma questo non significa che non sia mai successo. I draghi hanno tenuto per sé parecchie cose. Perché?"

"Oh, mi è appena venuta in mente una cosa che mi aveva detto mia madre. Ma neanche lei conosceva i dettagli, a quanto pare." Non avevo neanche cinque anni. Mi avrebbe raccontato di più quando sarei cresciuta, una volta saputa la verità?

La sofferenza di quella perdita tornò a farsi sentire con un dolore sordo. Erano passati sette anni dall'ultima volta che l'avevo vista, ma seguire le sue tracce mi faceva sentire come se fosse appena andata via.

"Non importa cosa facessero i draghi tanti anni fa," disse West con tono lugubre. "Tu *devi* starne alla larga."

"Se per loro è abitudine venire su questa montagna, potrebbero aver visto mia madre quando è stata qui," feci notare. "O addirittura averle parlato."

Scosse la testa senza guardarmi. Nella penombra, i suoi profondi occhi verdi sembravano ancora più cupi. "Non importa. Non ti diranno niente se non per usarlo a loro vantaggio. Fidati di me. Le uniche fate che mi piacciono sono dall'altra parte del mondo, o morte."

Nascosta sotto la sua tipica amarezza, c'era una nota dura nella sua voce. Lo scrutai con la coda dell'occhio mentre camminavamo. Era evidente che avesse avuto rapporti personali con le fate, in passato. Qualcosa gli aveva causato *molto* dolore. Avrei voluto chiedergli di più, ma avevo la sensazione che mi avrebbe staccato la testa a morsi, se avessi ficcato il naso.

Nessuno degli alfa lo contraddisse. Anche se non condividevano lo stesso odio per le fate, di sicuro non trovavano nulla di sbagliato nei suoi commenti.

Rabbrividii e mi strofinai le braccia da sopra il piumino. In quel momento, anch'io speravo che quegli esseri luccicanti fossero molto lontani.

"Immagino che mi aspetti un gran bel da fare, quando tutti questi spostamenti saranno finiti," dissi.

Nate si avvicinò a me e strinse la sua grande mano attorno alla mia. Il sorriso che mi scoccò mi fece scaldare al pensiero di quello che avevamo fatto nella tenda, la sera prima. "Noi saremo al tuo fianco, capiremo cosa fare insieme."

West si lasciò sfuggire un verso di rifiuto, senza neanche parlare. La mia pazienza vacillò. Perché doveva sembrare offeso ogni volta che qualcuno suggeriva che ero degna del ruolo che avevo ereditato? Avevo scalato quella montagna proprio accanto a lui. Non poteva darmi un po' di tregua?

"Allora, cosa pensi di fare, esattamente, gettando all'aria la tradizione e qualsiasi speranza di far funzionare questa storia del legame, signor Lupo?" Chiesi. "Separare i mutaforma canidi dal resto della comunità? Non vedo come la cosa possa aiutare."

West posò finalmente il suo sguardo penetrante su di me. "Non penso che tu sappia abbastanza della nostra comunità per sapere cosa sia d'aiuto e cosa no. Quando avremo portato a termine questa ridicola missione, magari potrò vedere di che pasta sei fatta."

Forse dovresti aprire gli occhi, perché l'ho già dimostrato parecchie volte.

Mi morsi la lingua per non rispondergli a tono, deglutendo a fatica. West voleva litigare. Voleva che gli fornissi il pretesto per continuare a tormentarmi. Come se fosse colpa *mia* se la mamma non mi aveva insegnato niente sui mutaforma. O se i ribelli avevano massacrato i miei padri e le mie sorelle, costringendoci alla fuga.

Un altro ricordo – un frammento di molto, molto tempo prima – riaffiorò, così vivido che il resto della caverna scomparve. Ero seduta sulle ginocchia di mia madre, che mi spazzolava i capelli annodati dopo una corsa nel bosco con le mie sorelle. Schioccava la lingua in versi di rimprovero mentre districava il groviglio.

"Siete fortunate che mi piaccia lasciar correre i bambini nella natura. Altrimenti avremmo dovuto stabilire qualche regola sul rotolarsi sulle colline e penzolare dagli alberi."

La guardai con occhi sgranati – avevo appena quattro anni. "Potresti farlo, vero? Tu puoi decidere le regole per tutti i mutaforma."

La mamma rise dolcemente. "Non esattamente, non faccio tutto da sola. I tuoi padri e io decidiamo insieme cos'è meglio per la comunità."

"Proprio così," disse mio padre – un mutaforma puma – entrando nella stanza. Gli altri miei padri lo seguirono. Si misero in piedi intorno a noi, avvolgendoci in un'aura di amore familiare.

Tornai in me, sbattendo le palpebre per scacciare le lacrime che avevano iniziato a rigarmi il volto. Mi si strinse la gola, i ribelli mi avevano tolto così tanto. Non avevo neanche potuto conoscere i miei padri, e chissà quanto *avrebbero* potuto insegnarmi.

Ma sapevo quanto avevano amato mia madre. Era proprio così che doveva essere il legame tra gli alfa e un drago.

Sollevai il mento, respingendo il dolore del lutto. Se West avesse davvero creduto che ero un fallimento, non sarebbe rimasto lì. Mi avrebbe rifiutata come compagna e sarebbe andato a cercarsene un'altra di suo gradimento. Dovevo solo continuare a ricordarmelo.

Il fascio di luce della torcia di Aaron si posò su un'incisione a forma di artigli sulla parete più avanti. Era più profonda di quelle che mia madre aveva lasciato prima. Per un attimo credetti che non fosse sua, ma non appena mi avvicinai la sua energia mi solleticò la pelle. Il senso della sua presenza mi colpì, insieme a un'emozione più intensa. Lasciai andare la mano di Nate per toccare quei segni, e una fitta di angoscia mi attraversò.

Mi fermai, con le dita che si arricciavano verso il mio palmo, come imitando il movimento dei suoi artigli. Era sconvolta quando li aveva lasciati. Ferita o impaurita. Cosa le era successo? Chi avrebbe potuto sapere che si trovava lì? Era stata così brava a coprire le sue tracce…

Nate si avvicinò alle mie spalle. "Che succede, Ren?"

"Mia madre," mormorai. "Quando è venuta in questa parte della caverna, qualcosa è andato storto. Era sconvolta, ma non capisco perché."

"Non vedo come potremmo essere più prudenti di quanto già non siamo," disse Marco. "Qualunque cosa succeda, l'affronteremo, principessa. Non avrebbe dovuto venire qui da sola."

No, non avrebbe dovuto. Mi morsi il labbro, ma mi costrinsi a continuare a camminare. Prima avessimo portato a termine il viaggio, prima avrei saputo cosa le era capitato. O almeno lo speravo. Se avesse portato solo a un altro indizio da seguire, il mio drago avrebbe scatenato la sua frustrazione in fuoco e fiamme.

Il capolinea poteva essere più vicino di quanto pensassi. La luce della torcia illuminò una curva, e quando la percorremmo, il richiamo dentro di me si fece decisamente più forte. Mi mancò il fiato. Inciampai, ma non appena ripresi l'equilibrio, i miei piedi scattarono in avanti sul terreno sconnesso, totalmente fuori dal mio controllo. Sapevo che avrei potuto frenarli, se avessi voluto, ma non lo feci.

"Ci siamo quasi. Dev'essere vicino, adesso," comunicai.

Anche i ragazzi accelerarono il passo. Una luce sfavillava sopra le nostre teste. Guardai in su, pensando che ci sarebbe stata un'altra apertura sul mondo esterno. Invece, delle stalattiti cristalline brillavano sul soffitto, riflettendo la luce artificiale. Sprigionavano una lieve vibrazione che mi penetrava la pelle, rendendomi ancora più forte.

C'eravamo quasi.

Mi sistemai lo zaino sulle spalle e mi lanciai in una corsa disperata. Il richiamo mi stava trascinando come se fossi un pesce all'amo, e a me stava più che bene. Ero pronta a concludere quel cammino.

Quindi era colpa mia, in realtà, se in quel momento ero in testa alla nostra processione. Colpa mia se era sotto i miei pieni che il terreno iniziò a tremare. Rallentai quando un inquietante scricchiolio risuonò nella grotta. La roccia sotto i miei piedi sembrò improvvisamente inconsistente, come se avessi messo piede su un lago ghiacciato.

E poi si spaccò, esattamente come il ghiaccio che avevo appena immaginato.

La terra si aprì e iniziò a crollare. I miei riflessi da mutaforma si attivarono in un istante, spingendomi in avanti.

Lo scricchiolio divenne un boato che rieccheggiò in tutta la caverna. Lo zaino penzolava dalle mie spalle. Ogni volta che toccavo terra con i piedi, la roccia continuava a sgretolarsi. Barcollai, non c'era nulla che potessi fare se non correre e sperare di trovare un punto solido, o sarei precipitata anch'io.

Il mio piede scivolò e per poco non caddi sulle ginocchia. Mi spinsi in alto con un grido, il più lontano possibile. Incespicai, ma quando riuscii a stabilizzarmi, mi resi conto che il terreno si era fermato.

"Ren!" Qualcuno urlò dietro di me. "Sta bene, lascia che si orienti," rispose qualcun altro. Mi voltai con cautela, ancora non mi fidavo della pietra su cui mi trovavo. Poi rilassai i muscoli.

Tra me e i miei alfa, circa tre metri del pavimento della grotta erano crollati, aprendo una voragine frastagliata. Ero a pochi metri dal bordo.

Strisciai più vicino per sbirciarne la profondità. Non si vedeva altro che buio totale. Era così alta che non avevo neanche sentito le rocce infrangersi sul fondo.

Ero *quasi* caduta. Mi si contorse lo stomaco. Se avessi reagito più lentamente…

"Stai bene, Ren?" Urlò Nate.

Annuii, ancora senza parole.

Marco scoppiò in una risata esasperata. "Certo, non potevano mancare nuovi avvenimenti emozionanti. Okay, non salterò quella cosa *con* i bagagli. Menomale che non abbiamo portato nulla di fragile."

Si scrollò lo zaino di dosso e lo lanciò oltre la voragine. Atterrò con un tonfo. Gli altri seguirono il suo esempio. Pensai che si sarebbero spogliati per saltare in forma animale – forse non vedevo l'ora di godermi lo spettacolo – ma evidentemente il salto non era troppo impegnativo per il corpo umano di potenti mutaforma. Due alla volta, presero la rincorsa e saltarono oltre la fossa.

Il corpo muscoloso di Nate atterrò accanto a me con un rumore sordo, e un ultimo scricchiolio echeggiò nella grotta. Mi si rizzarono i peli sulla nuca. Studiai i bordi della voragine nella luce fioca, mentre i ragazzi si ripulivano dalla polvere.

"Com'è potuto accadere?" Dissi. "Non ha senso. Una voragine così grande non può *sbucare* dal nulla, ricoperta da uno strato di roccia. Sembra quasi…"

"Una trappola?" Proseguì West. "Quanto tempo ci hai messo a capirlo, Scintilla?"

Lo fulminai con lo sguardo, ma Aaron intervenne giusto in tempo perché tenessi a freno la lingua. "È stata sicuramente costruita apposta. Hai detto che secondo te eravamo vicini a dove tua madre voleva farti arrivare, Serenity. Un luogo che racchiude un potere importante. È possibile che ci sia una magia che protegge quel luogo, e che la 'trappola' sia stata pensata come una prova di valore o determinazione."

"O è possibile che qualche 'amico' magico sia dispiaciuto che non siamo morti avvelenati," aggiunse Marco. "Sto iniziando a pensare che il lupacchiotto abbia ragione, per quanto mi addolori ammetterlo."

"C'è modo di capire che tipo di magia sia stata usata?" Chiesi. Poteva essere delle fate o di qualcun altro.

Aaron scosse la testa. "Sarebbe stata sotto lo strato di roccia, per tenerlo in posizione. Quando è crollato, è sparita." Mi guardò. "Ma l'abbiamo scampata. Hai mantenuto la calma e ti sei messa in salvo. Qualunque potere tua madre voglia farti trovare, nessuno ti impedirà di arrivarci, giusto?"

"Giusto," risposi con un nuovo slancio di determinazione. "Perciò diamoci una mossa, prima di ritrovarci di fronte a qualcosa di peggio."

9

Nate

Mentre riprendevo lo zaino dal punto dove l'avevo lanciato, oltre la profonda fossa, una fitta di dolore mi attraversò dal petto all'intestino. Serrai la mascella, cercando di nascondere il disagio sul mio volto.

Nonostante il riposo del giorno precedente e il ritmo lento al quale stavamo camminando, il veleno era ancora in circolo. Mi faceva ancora sentire più debole del normale – lo odiavo. Avremmo potuto già essere alla fine della grotta, se avessimo tenuto il solito passo. Dannazione, se mi fossi accorto del cattivo odore dei panini quando li avevo presi, avrei potuto impedire anche a Marco di mangiarli.

Ero stato superficiale, e la mia compagna ne stava pagando le conseguenze.

Ren stava prendendo tutto con filosofia. Quando mi

sorprese a guardarla, si sistemò lo zaino sulla schiena e mi sorrise. Quel gesto mi riscaldò, nonostante il dolore e il senso di colpa che mi tormentavano. Ricordai la sera prima: le sue mani su di me, i suoi dolci sospiri di piacere, il sapore della sua pelle...

Okay, distrarmi con quei pensieri non era di nessun aiuto. Qualcuno stava cercando di sabotare il nostro viaggio – di ucciderci, possibilmente. Ci avevano letteralmente strappato il terreno da sotto i piedi. Dovevo concentrarmi sul presente e proteggere Ren dai nostri nemici. Come avrei potuto essere degno del nostro legame, altrimenti?

Se avessi aspettato tutto quel tempo solo per perderla... No, non riuscivo neanche a pensarci. Mi faceva star peggio del veleno.

Marco diede un'ultima occhiata alla voragine. "Io dico di mandare avanti l'orso," disse col suo solito tono fastidiosamente spiritoso. "Se il pavimento regge tutta quella massa, possiamo stare tranquilli."

West sbuffò. Io gli lanciai un'occhiataccia. "Sarò lieto di andare avanti, se il gatto è troppo impaurito."

"Ooh," rispose con un ghigno. "L'orso è permaloso. Non male, Nate."

Ren alzò gli occhi al cielo. "Andiamo, ragazzi. Vado avanti *io*, se avete intenzione di continuare a punzecchiarvi."

Fece per incamminarsi, ma mi precipitai davanti a lei. Per i primi passi non sentii nulla, se non il bisogno di farmi valere e mettere a tacere la risatina beffarda di Marco. Poi avvertii un lieve odore che non c'entrava niente con la fredda roccia che ci circondava.

Mi fermai, sollevando un braccio. "State indietro. C'è qualcosa che non va."

West si affiancò a me mentre inspiravo di nuovo. Il suo olfatto da lupo era più forte dei nostri, ma riuscivo quasi a eguagliarlo quando mi concentravo. Un leggero odore muschiato aleggiava nell'aria. Qualcosa di vivo, qualcosa di animale.

E da quando eravamo entrati nelle grotte non avevamo visto un solo animale, a parte la donnola di cui si erano occupate le fate.

"Hai ragione," concordò West, aggrottando la fronte. Fece qualche passo più avanti, scrutando la caverna intorno a noi. Non volevo essere lasciato indietro, così lo seguii, saggiando l'aria a mia volta. Se non altro, l'odore si era affievolito. Mi voltai e tornai indietro. Ren mi guardava con il volto deformato dalla preoccupazione. Mi si strinse lo stomaco a vederla così.

"È strano," dissi. "È più forte qui intorno. Qualunque animale abbia lasciato quest'odore, dev'essersi fermato qui per un po'. Ma poi dov'è andato? Non abbiamo incrociato niente venendo qui."

"Non riesco a percepire nulla da questa parte," confermò West dal punto dove l'avevo lasciato. "È un odore così debole che non riesco a seguirlo. Forse è vecchio."

Sembrava dubbioso, probabilmente perché a nessuno dei due sembrava vecchio. Era più come se qualcuno avesse tentato di lavare via l'odore da qualcosa, lasciandone appena un pizzico. Quindi qualcuno aveva provato a coprire le proprie tracce di proposito, perché non lo scoprissimo. Sentii le spalle in tensione. La situazione non poteva essere più sospetta.

"Riesci a capire di che animale si tratta?" Chiese Aaron.

Feci no con la testa. Non aveva importanza; se anche una donnola poteva essere una minaccia, dovevamo preoccuparci di qualsiasi cosa.

"Dovremmo camminare vicini," dissi, facendo cenno agli altri alfa di avvicinarsi. "Tutti intorno a Ren, così nessuno potrà arrivare a lei senza vedersela con noi." Se i ribelli stavano pianificando un'altra imboscata, dovevamo essere pronti.

"Non ho bisogno di uno scudo umano," protestò Ren. "Perché non–"

Con un ringhio, una massa pelosa si scagliò verso di lei dalla parete sovrastante. Un grido di avvertimento lasciò la mia gola. Balzai davanti alla mia compagna, spingendola indietro, pronto a trasformarmi per far fronte alla minaccia.

Ren

La forza dello spintone di Nate mi fece barcollare verso il muro alle mie spalle. Strinsi i denti; sentii il mio drago risvegliarsi con un graffio degli artigli nel petto. *Nessuno* poteva spingermi, nemmeno i miei compagni.

E cosa diavolo stava succedendo? Dopo il ringhio che

avevo sentito, la torcia era caduta. Mentre rotolava al suolo, la luce vorticò nella grotta. Poi si fermò su Nate, già in forma di orso. Stava cercando di bloccare una lince sbucata dal nulla. Continuava a sgusciare via dalle sue zampe. L'aquila di Aaron si tuffò con gli artigli nella mischia.

Di fronte a loro, il lupo e il giaguaro stavano lottando con una grossa creatura nera, simile a una donnola. La mia mente riuscì vagamente a identificarla come un ghiottone. Sibilava e li aggrediva con zanne affilate come rasoi.

La lince si scagliò su Nate, che le diede uno schiaffo. L'impatto la fece volare dritto nella voragine. L'ultima cosa che sentii fu un grido felino mentre precipitava verso il fondo.

Un respiro affannoso dietro di me mi fece voltare. Senza un secondo di preavviso, un coyote si fiondò su di me, puntandomi i denti alla gola. Riuscii a malapena a schivarlo prima che mi facesse a pezzi.

Le sue zampe violente mi graffiarono il braccio, facendo sgorgare sangue dalla manica del mio giubbotto. Poi atterrò e fece un giro su se stesso, digrignando i denti. La vampata di rabbia che risalì le mie viscere m'incendiò, e non era solo per me stessa. Nel villaggio di mutaforma, due coyote avevano assalito Kylie mentre il loro capo lupo mi attaccava. Non avevo dubbi che quel bastardo fosse uno di loro.

Mi aggrappai a quella furia e la sprigionai. Il mio corpo esplose da sotto i vestiti, espandendosi in forma di drago.

Il coyote indietreggiò con un lamento, intimorito, mentre incombevo su di lui. Il fuoco mi risalì in gola.

Aprii la bocca per incenerire quell'aspirante omicida e rispedirlo nel regno dei...

Ma Nate si frappose tra me e lui. L'orso era alto solo la metà di me, eppure riuscì a ostruirmi completamente la mira.

Allungai il mio collo sinuoso, determinata a colpire il mio aggressore. Nate ringhiò dal profondo del petto e attaccò per primo il coyote. Si rotolarono, mordendosi e lottando. Strinsi le fauci, sapendo che non potevo lanciare fiamme senza arrostire anche il mio alfa.

Maledizione. Perché non poteva lasciarmi gestire almeno una cosa da sola?

Mi girai per controllare gli altri, strusciando le squame sulla parete della grotta. Non c'era molto spazio di manovra lì dentro.

Il ghiottone si stava lanciando tra West e Marco. Marco lo respinse all'ultimo secondo, colpendolo agli occhi con entrambe le zampe e scaraventandolo a terra su un fianco. West lo scavalcò con un salto, digrignando i denti.

Aaron si fiondò su di lui, stringendogli gli artigli minacciosi al collo. Immaginai che volesse intrappolarlo nella speranza che tornasse in forma umana, così da poterlo interrogare. Ma il ghiottone non aveva intenzione di arrivare a quel punto.

Con un grugnito, sollevò la testa e si conficcò gli artigli dell'aquila nel collo. Il sangue sgorgò a fiotti, e il corpo peloso si accasciò. Aaron gridò e si allontanò.

Con una pesante zampata, Nate sbatté la testa del coyote a terra. L'animale sussultò, ma poi, più agile di lui, iniziò a scappare. Mi lanciai all'attacco con il fumo che mi usciva dalla bocca.

I nostri sguardi si incrociarono, e nei suoi occhi balenò un panico del tutto umano. Esitai, chiedendomi se ci fossi un modo per catturarlo senza ucciderlo. Prima che potessi trovarne uno, si lanciò nella voragine, scomparendo insieme al suo alleato.

Guardai nel baratro, col respiro incandescente che mi raschiava la gola. Il controllo sul mio corpo di drago vacillò. Mi lasciai andare, ritornando alla mia forma umana.

L'aria gelida tornò ad avvolgermi con un dolore pungente. Mi precipitai alla ricerca del giubbotto – l'unica cosa che ero riuscita a togliere prima di trasformarmi. Il resto dei miei vestiti era finito in brandelli. Lo infilai stretto, trasalendo quando sfregò i graffi che avevo sul braccio. Il mio corpo da mutaforma sarebbe guarito velocemente, ma non *così* in fretta.

Anche i ragazzi si stavano ritrasformando. I miei occhi colsero la cicatrice sul petto asciutto e muscoloso di West, che brillava di una luce rossastra. Poi caddero sul corpo inerte di un uomo di mezza età, con una barba ispida, disteso là dov'era morto il ghiottone. La sua testa e le sue spalle giacevano su una pozza di sangue.

Marco diede un colpetto col piede alla gamba dell'uomo, facendo una smorfia. "Fantastico, anche stavolta non otterremo alcuna risposta da questi bastardi."

Mi tornò alla mente l'immagine del coyote che si lanciava verso la morte. Mi si strinse lo stomaco. "Hanno deciso che era meglio morire che essere catturati. I ribelli sono piuttosto dediti alla loro causa, non è così?" Cioè vedere me e qualunque altro drago esistente morti.

Un altro pensiero mi colpì, terrorizzandomi ancora di più. "Quindi hanno qualcosa da proteggere, giusto? Sicuramente ci sono altri ribelli là fuori, con altri piani. Altrimenti che importanza avrebbe avuto farsi interrogare?"

"Forse si vergognavano troppo di essersi fatti coinvolgere in questa storia per affrontarne le conseguenze," disse Aaron. "Ma hai ragione, non possiamo dare per scontato che la minaccia dei ribelli sia finita." Si guardò intorno. "Spero che sia l'ultima volta che li vediamo su questa montagna, però."

"Non molti sono sopravvissuti alla prima imboscata," intervenne West, già impegnato a rivestirsi e coprire la strana cicatrice che avevo notato. "Quello che voglio sapere è da *dove* sono sbucati. Sembrava che fossero praticamente piovuti dal cielo."

Mi avvicinai al muro e scrutai in alto. Aaron raccolse la torcia e la puntò verso dove stavo guardando. Un'ombra profonda incideva la roccia proprio sotto il soffitto.

"C'è una sporgenza lassù," feci notare. "In qualche modo sono arrivati lì, cercando di pianificare un'ultima mossa disperata." Pensai che per fortuna avevo fuso tutte le loro armi durante il primo attacco.

"*In qualche modo*," ripeté West. "Già, ci stavo giusto pensando. Forse nello stesso 'modo' in cui è stata creata la trappola?"

"Non ha importanza," disse Nate con decisione. "Quello che conta, ora, è arrivare al potere che la madre di Ren le ha lasciato, e poi portarla via di qui prima che qualcun altro venga a cercarci."

Si avvicinò a me a grandi passi, a testa alta, come se si

considerasse una specie di cavaliere dall'armatura scintillante. La rabbia che avevo provato prima si riaccese.

"Portarci *tutti* via di qui," replicai. "Non ho bisogno di trattamenti speciali. E *soprattutto* non ho bisogno di essere trattata come una smidollata."

Nate sbatté le palpebre. "Di che stai parlando?"

Agitai la mano indicando la voragine. "Qualche minuto fa, eri così impegnato a 'proteggermi' che mi hai intralciata mentre stavo per fare esplodere quel coyote in mille pezzi."

La sua espressione si fece tesa. "È nostro dovere in quanto tuoi compagni–"

"No," lo interruppi bruscamente. Non c'era nulla da discutere. O accettava il mio punto di vista oppure no. "Da quello che ho capito, il vostro compito è starmi vicino, non davanti, come se fossi una debole che ha bisogno di essere protetta. Ora posso trasformarmi. Posso diventare un maledetto drago." Indicai il morso sul suo braccio. "Se non ti fossi messo in mezzo, non ti saresti fatto male. Avrei potuto gestirla *meglio* di te."

La rigidità abbandonò il volto di Nate, lasciando solo un'inespressività allibita. "Ren," sussurrò con voce sommessa. "Non intendevo dire che... Lo so quanto sei forte."

La mia rabbia si affievolì, sapevo che non voleva offendermi. "Okay," dissi. "Allora trattami di conseguenza. Non sono una bambola di porcellana. Va bene guardarmi le spalle, ma lascia che anch'io protegga te. È così che dev'essere, no?"

Inclinò il capo, nascondendo le guance rosse dalla vergogna. Marco si schiarì la gola. "Se abbiamo finito con la ramanzina – per quanto meritata – che ne dite di darci una mossa? Questa gita mi piace sempre meno a ogni nuovo colpo di scena."

"Ma non mi dire." Mi voltai verso il passaggio davanti a noi. Un luccichio catturò la mia attenzione, poi sparì. Il mio cuore saltò un battito. "Credo che sia quasi finita."

10

Per quanto volessi correre verso il luccichio che avevo visto, stavolta tenni a freno le gambe. Non volevo cascare impreparata in un'altra stupida trappola. Ma il richiamo nel mio petto mi trascinava, e quell'accenno di luce mi invitava ad andare avanti quanto più velocemente mi fosse concesso dai miei piedi.

Il bagliore si faceva più forte man mano che ci avvicinavamo, ma senza espandersi. Capii ben presto il perché: il passaggio davanti a noi si stringeva in una fenditura, così sottile che Nate avrebbe dovuto camminare di traverso per passarci. La fonte della luce si trovava al di là di quel varco.

Quando m'infilai nell'apertura, la luminosità si fece così intensa che vidi tutto bianco. Non mi bruciava gli occhi, però. Li riempiva solo di un leggero formicolio.

Sbattei le palpebre, come per scacciarlo. Entrai in una grande stanza rotonda, con delle pareti e un pavimento in roccia completamente lisci. Al centro si ergeva un piedistallo, sul quale era posizionato un cristallo trasparente, grande quasi quanto la mia testa. La luce e un tenue calore brillavano al suo interno. Il bagliore danzava come una fiamma.

Il richiamo che mi aveva accompagnata fin lì scomparve: era finita. Era lì che dovevo arrivare.

Feci qualche passo avanti, con cautela. Alla base del piedistallo erano incise delle figure. Mi chinai per osservarle, trattenendo il fiato per lo stupore.

I disegni rappresentavano draghi e altre sagome dall'aspetto quasi umano. Ma non del tutto. Erano un po' troppo alte e magre per esserlo. Come la fata che avevamo incontrato nella grotta, o l'uomo con cui avevo visto mia madre parlare.

I draghi e le fate erano raffigurati fianco a fianco: a volte si toccavano, a volte stavano uno di fronte all'altro. In un'incisione, una fata sedeva a cavalcioni sulla schiena di un drago. I volti erano poco dettagliati, ma quelle immagini emanavano un senso di amicizia.

Le mie dita percorsero le leggere venature nella pietra. "Credo che questo sia qualcosa che i draghi e le fate hanno creato insieme," dissi. "E dev'essere stato molto tempo fa, visto che nessuno sa che passavano del tempo insieme."

Aaron annuì, avvicinandosi alle mie spalle. Feci il giro del piedistallo per lasciargli spazio, e il mio sguardo cadde non solo sulle immagini, ma sulle parole incise dall'altro lato.

Noi, fate e drago, abbiamo dato luce a un potere, che con

la più luminosa chiarezza permetta di vedere. Un potere di cui accettare l'adozione in un tempo in cui il mondo sarà piombato in confusione.

Un brivido mi attraversò mentre leggevo quelle parole. Al di sopra, le immagini mostravano una figura che sollevava il cristallo, poi lo faceva cadere. Nell'ultima incisione, un bagliore tremolante vorticava intorno alla sagoma.

Era quello che dovevo fare? *Frantumare* il cristallo? Non ero neanche sicura di cosa *fosse* quel potere, e solo il pensiero di toccare la pietra scintillante mi rendeva nervosa.

Aspettava lì da secoli. Era davvero destinata a *me*?

La mamma pensava di sì, e ce l'aveva quasi fatta. Da quello che mi aveva detto nella visione, il suo piano era portarmi il cristallo perché ne assorbissi il potere. Ormai era chiaro: tutti quei viaggi lontano da casa erano per controllare la comunità dei mutaforma, per vedere come se la cavavano senza di noi. Quello che aveva visto – i disordini di cui gli alfa mi avevano parlato – l'aveva portata fin lì. A quel tentativo disperato.

Forse, in un tempo in cui tutte le comunità soprannaturali erano in conflitto, in cui i ribelli erano quasi riusciti a sterminare la razza dei draghi, avevamo davvero bisogno di ricorrere a qualcosa di più grande di noi.

Non importava a cosa andassi incontro, eravamo arrivati fin lì. Dovevo fare quell'ultimo passo, o l'intero viaggio non sarebbe servito a niente.

West si aggirava per la stanza con diffidenza, ma non fece alcun commento. Marco venne al mio fianco per leggere quell'incisione coi suoi occhi. Nate rimase vicino alla porta per sorvegliarla, e forse anche per darmi un po' di spazio, dopo il mio sfogo. Non mi pentivo di quello che avevo detto, ma sentivo la sua infelicità anche a quella distanza. Mi addolorava.

Non appena avessi chiuso quella storia, saremmo potuti finalmente andare avanti. E nessuno avrebbe potuto più insinuare che non fossi abbastanza potente da cavarmela da sola.

Sentii gli sguardi di tutti i miei alfa su di me mentre sollevavo il cristallo. La sua superficie liscia era lucida e dura come il vetro, ma ancora più bollente dell'aria che lo circondava. Mi abbandonai all'impulso di stringerlo al petto. Il suo calore pulsante mi ricoprì, come un richiamo. Voleva farsi strada dentro di me, fino in fondo.

Il cuore mi batteva all'impazzata. Sollevai il cristallo all'altezza della mia testa. La luce al suo interno scintillava in un arcobaleno di colori. Sentii una fitta al cuore. Mi feci coraggio e infransi il cristallo sul pavimento in pietra, ai miei piedi.

La luce esplose su di me in un'ondata infuocata. Una forza incandescente mi penetrò la pelle e le ossa. Il mio cuore accelerò e mi si seccò la bocca. Diavolo, fu intenso.

L'energia divampò attraverso i miei occhi. La stanza intorno a me scomparve in una foschia scintillante, in cui si materializzò una figura indistinta.

"Saluti, degna combattente," disse la figura mentre l'elettricità mi avvolgeva sempre più stretta. "La fiamma della verità è tua. Brucia per distruggere, oppure brucia per smascherare le bugie e arrivare a ciò che è reale: la scelta è tua. Ora, va' avanti!"

Svanì nel chiarore. L'energia si concentrò dentro di me con una scossa. Il suo bruciore mi pervase il petto, pizzicando, ma senza fare davvero male.

La nebbia nei miei occhi iniziò a diradarsi, ma non riuscivo a vedere i ragazzi intorno a me. Nella luce che si affievoliva, comparve un'altra visione.

Mia madre entrò nella stanza. Ebbi un tuffo al cuore, ma poi notai che aveva lo stesso identico aspetto dell'altra visione di sette anni prima. Gli stessi vestiti, la stessa età. Era il passato, non il presente.

Aveva i capelli arruffati e le guance sporche, ma i suoi occhi brillavano di determinazione. Il suo sguardo si posò sul cristallo, la cui immagine era riapparsa nella visione.

"Eccoti," sussurrò, come se non volesse disturbare la pace di quel luogo. Fece un passo verso il piedistallo – verso il punto in cui mi trovavo in quel momento. Deglutii a fatica, stringendo la mano per non cedere all'impulso di toccarla.

Non poteva vedermi. Stavo guardando quello che era successo anni prima, eppure sembrava così vicina.

La mamma allungò una mano verso il cristallo. Stava per stringerlo tra le dita, quando qualcosa la fece voltare di scatto. Non sentii nulla, sembrava che la visione non contenesse suoni. Solo il flusso dell'energia che mi pulsava nelle orecchie.

All'improvviso, una folla di figure si riversò nella stanza, come se fosse venuta fuori dai muri. Erano almeno una decina di fate esili e sfavillanti. Un uomo si precipitò tra la mamma e il piedistallo. La spinse all'indietro con uno sfolgorio, poi mosse le labbra, ma non riuscii a distinguere le parole.

La mamma rispose qualcosa. Dall'ardore nei suoi occhi, qualcosa di rabbioso. Qualcun altro scosse la testa. Poi una fata avanzò verso di lei con un braccio teso verso la porta.

Le mascelle di mia madre si serrarono. Sentii che iniziava a trasformarsi ancor prima che contraesse un muscolo. Ma anche le fate se ne accorsero e, contemporaneamente, molte di loro, tutte intorno a lei, le scagliarono addosso dei lampi di magia.

La colpirono con un'esplosione abbagliante. Lei barcollò, vacillando nel tentativo di trasformarsi. Poi, alzando le braccia sulla difensiva, si girò, ma le fate le stavano già sferrando altri colpi. La percossero con violenza, facendola cadere in ginocchio.

Un grido silenzioso mi straziò la gola. Mi bruciavano le gambe per la smania di correre da lei. Provai a muoverle, ma i miei piedi erano incollati a terra. Non potevo fare altro che star lì a guardare quel pezzo di storia.

La mamma non era ancora stata sconfitta: si spinse in piedi e si scagliò su una delle fate. Il suo volto iniziò a trasformarsi. Le squame le increspavano la pelle e un guizzo di fuoco danzava sulle sue labbra.

La fata trasalì, ma ce n'erano troppe. Prima che potesse diventare completamente un drago, la intrappolarono in un'altra ondata di magia.

Cadde di nuovo, stavolta su un fianco. Il suo petto tremava nel tentativo di respirare. Pronunciò altre parole che non potei ascoltare, poi l'uomo fata che le aveva impedito di arrivare al piedistallo si avvicinò. Batté le mani, scagliando un raggio di energia brillante dritto alla sua testa.

Si accasciò completamente, con il corpo disteso sul pavimento. Soffocai un singhiozzo. Le fate si guardarono con un'espressione risoluta in volto. Una dopo l'altra, alzarono le mani su mia madre. Un fascio di luce, poi un altro e un altro ancora, si riversarono su di lei.

Il suo corpo brillò, poi iniziò a disintegrarsi lentamente. Mi si rivoltò lo stomaco, non potevo più stare ferma. Non mi importava che quell'orribile momento fosse già accaduto e finito, sette anni prima. *Dovevo* fermarlo.

Contrassi i muscoli delle gambe per sollevare i piedi dal pavimento e correre da lei, con ogni briciola di forza che avevo, ma ero bloccata. Una morsa sembrava stringere i miei polmoni.

Devi guardare, una voce flebile sussurrò nella mia testa. *Devi esserne testimone.*

E così feci. Guardai, con gli occhi pieni di fiamme, mentre la magia delle fate divorava il corpo di mia madre. Volevo distogliere lo sguardo – evitare di vedere quella lenta distruzione – ma allo stesso tempo sentivo che era mio dovere assistervi. Dovevo constatare coi miei occhi cosa ne era stato di mia madre, e chi l'aveva uccisa.

Quando il suo corpo scomparve completamente, le fate fecero un passo indietro. L'uomo che sembrava guidarle serrò le labbra in una linea cupa, ma si sfregò le mani come se non fosse stato altro che un lavoretto veloce. Poi si dileguarono di nuovo, svanendo tra le mura.

La visione si dissolse e la stanza ritornò com'era. Le gambe mi tremavano talmente forte che mi aggrappai al piedistallo per non perdere l'equilibrio.

Marco e Aaron, ancora al mio fianco, mi strinsero una

spalla ciascuno. La loro presenza mi sosteneva, ma avevo già gli occhi colmi di lacrime. Inspirai, singhiozzando.

"Cos'è successo?" Chiese Nate, allontanandosi dalla porta. "Per qualche minuto, è sembrato che fossi in un altro mondo."

"Ho visto cos'è successo qui, sette anni fa." Risposi con voce rauca. Mi schiarii la gola e tirai fuori il resto delle parole. "L'hanno uccisa. Le fate hanno ucciso mia madre."

11

Aaron sgranò gli occhi alle mie parole. Marco mi strinse più forte la spalla, ma in quel momento non volevo conforto – volevo risposte.

Mi allontanai da lui, dirigendomi a grandi passi verso il muro. Uno di quelli da cui le fate erano comparse nella visione. Mi asciugai il volto pieno di lacrime con un braccio, poi alzai la voce in un grido strozzato. "Voi! Fate! Dove siete? Smettetela di nascondervi e uscite allo scoperto. Ammettete ciò che avete fatto, brutte bastarde. Non osate far finta di non sapere–"

La mia voce si spezzò in un ringhio di frustrazione. Mi scagliai contro la roccia, con gli artigli da drago già sulla punta delle mie dita. Scalfirono la pietra, ma non trassi nessuna soddisfazione da quell'atto di distruzione. Le fate non si erano manifestate. Maledette vigliacche. Erano state più di dieci a coalizzarsi contro una singola donna, picchiandola fino a non farla neanche reggere in piedi…

Serrai le mascelle. "Serenity," cominciò Aaron, ma mi sentivo tutto fuorché serena. Mi voltai bruscamente, strappandomi il giubbotto di dosso. Se le fate non venivano da me, dovevo solo trovare il modo di stanarle e fargliela *pagare*.

I miei muscoli vibravano mentre mutavo completamente in un drago. Riempivo metà della stanza, il piedistallo sembrava improvvisamente minuscolo. Mi ci avvicinai lentamente, sprizzando faville dalle narici.

Lì. Fiutai una leggera traccia sotto l'odore della pietra fredda, come erba tagliata mista a nevischio. Non avevo notato quel sentore prima, ma ogni istinto mi diceva che si trattava di fate. Inspirai profondamente, cercando di seguirlo, poi mi fermai.

Sapevo che erano loro, come sapevo che non era recente. I miei sensi da drago mi dicevano che l'odore era stato lasciato giorni prima. Forse la fata che ci aveva parlato della donnola era passata di lì con i suoi compagni.

Mi rimpicciolii nel mio corpo umano per attraversare lo stretto ingresso, poi percorsi tutta la caverna di nuovo in forma di drago. Testai l'aria con la punta della lingua, inspirandone altra nei miei enormi polmoni.

Non sentii più neanche un accenno di profumo di fata. Non c'erano da nessuna parte. Quelle bastarde se n'erano davvero andate.

Esasperata, crollai di nuovo nella mia forma umana. Il pavimento di pietra mi gelava la pelle nuda, ma non m'importava. Strinsi le ginocchia al petto e vi affondai il viso, trattenendo un singhiozzo. Le lacrime scorrevano gelide lungo le mie gambe.

La mamma non c'era più, se n'era andata sette anni prima. Per tutto quel tempo avevo sospettato che potesse essere morta, ma ora quell'orrore era diventato realtà. Non avevo più nulla in cui sperare.

Non volevo accettarlo. Era andata lì per me, perché voleva darmi tutto il potere possibile. Perché voleva aiutarmi a diventare la leader di tutti i mutaforma, e non voleva mettermi in pericolo portandomi con sé. Forse, se fossimo state insieme e avessi saputo la verità su cos'ero, all'epoca…

Un rumore di passi risuonò sul pavimento. Uno dei ragazzi mi poggiò il piumino sulle spalle. Si riunirono tutti intorno a me.

"Sapevo che non potevamo fidarci delle fate," borbottò West. "Hanno aiutato i ribelli. Volevano solo incastrarci."

"Una bella strategia," commentò Marco. "Far sembrare che fossero i nostri stessi simili a massacrarci, così non si sarebbero messe nei guai per aver violato il trattato. Molto subdolo. Quasi ammirerei la loro astuzia, se non l'avessero usata contro di me."

"Non mi sembra il momento di scherzare," disse Nate. Immaginai il suo broncio anche senza guardarlo.

Aaron s'inginocchiò di fronte a me. Quando alzai la testa per guardarlo negli occhi, posò la mano sulla mia. La sua espressione era solenne. "Non lasceremo che la passino liscia," esordì. "Le fate hanno commesso un crimine, e ne risponderanno."

"Come?" Chiesi con voce stridula. La mia gola traboccava di lacrime non versate.

"Una volta scesi da questa montagna, la prima cosa che avremmo fatto sarebbe stata comunque visitare le comunità di mutaforma. Faremo sapere a tutti che sei stata ritrovata e che sei pronta ad assumere il tuo ruolo di drago. Possiamo iniziare dalla tenuta dei volatili, visto che è la più vicina e che il nostro legame è già suggellato. E oltretutto la regina delle fate dimora lì vicino. Porteremo la questione direttamente a lei."

"Prima non dovremmo parlare di qualcos'altro?" Disse Marco. "Cos'è successo con quel cristallo? Tua madre ci ha fatti venire fin qui per un motivo, principessa. Cos'è questo potere che voleva darti?"

Tra il dolore del lutto e l'indolenzimento dei miei muscoli, scavai nel mio profondo per ritrovare la consapevolezza. Dentro di me, nulla era cambiato. *La fiamma della verità*, così l'aveva chiamata quella strana figura, quando avevo frantumato il cristallo. *Brucia per distruggere, oppure brucia per smascherare le bugie.*

Mi formicolavano i polmoni al solo pensiero di respirare fuoco. Ora potevo produrre un altro tipo di fiamma? Non credevo di riuscire a trasformarmi di nuovo dopo averlo fatto per due volte di fila. Dovevo ancora allenarmi molto sulla resistenza.

"Non ne sono sicura," risposi. "Ha qualcosa a che fare con il fuoco del mio drago e col trovare la verità. È stata la fiamma contenuta nel cristallo a mostrarmi cos'è successo a mia madre. In qualche modo, posso usarla per arrivare alla verità delle cose? Non lo so, non c'è alcun manuale d'istruzioni."

Non sarebbe stato affatto male averlo. Ma immaginai che, come qualsiasi altra cosa da quando la mia vita aveva preso quella strana piega, avrei dovuto capirlo man mano.

"Visto come stanno andando le cose, sembra un potere utile," disse Nate. "Sarai in grado di capire di chi fidarti."

"Quando avrò capito come usarlo." Mi asciugai gli occhi ancora una volta, poi mi spinsi in piedi. Il dolore della perdita gravava ancora su di me, ma avevo quattro alfa da proteggere, come loro proteggevano me. Avevo un'intera comunità di mutaforma a cui pensare.

E le fate che avevano ucciso mia madre erano ancora là fuori, libere di commettere chissà quale altro crimine contro di noi.

"E va bene," conclusi. "Scendiamo da questa montagna. Voglio un incontro con la regina delle fate."

~

Sollevai la testa quando sentii l'odore di salsedine diffondersi nel furgone. Ci stavamo avvicinando alla costa, dunque alla tenuta sull'Oceano Pacifico dove Aaron governava sulla famiglia dei volatili.

Quel giorno avrei incontrato quella comunità come sua compagna e loro sovrana. Mi prudeva la pelle a quel pensiero. Mi rannicchiai sul sedile posteriore e ritornai a guardare il cellulare. Kylie aveva appena risposto al mio ultimo messaggio.

Vorrei tanto essere lì con te, Ren. Non dovresti affrontare una notizia del genere senza la tua migliore amica. So quanto tua madre significasse per te.

Vorrei anch'io che fossi qui, le risposi. La cosa più bella di lasciare la montagna era stato riavere la linea telefonica. Anche se c'erano ancora molte cose che non sapevo come dire a Kylie. Era più facile tornare a ridere e scherzare. *Sei solo triste perché ti stai perdendo tutto questo belvedere.*

Ehi, sono i tuoi compagni! Non me ne vado in giro a rubare i ragazzi delle altre. Ma non puoi biasimarmi per essermi goduta lo spettacolo. Aggiunse un'emoji con l'occhiolino. *Per il resto, è tutto okay? Vuoi che ti spedisca qualcosa da qui?*

Ci pensai, ma ci eravamo trasferite nel nostro appartamento da poco. Non è che avessi accumulato tante cose negli anni che avevo vissuto per strada. Parte di me non desiderava altro che accoccolarsi sotto la nostra coperta all'uncinetto – quella che avevamo messo sul divano usato appena comprato – e sentire di nuovo la familiarità di casa. Ma c'erano altre cose di cui dovevo occuparmi, prima.

Non mi attendeva solo la famiglia dei volatili, ma anche la regina delle fate.

Non avevo raccontato a Kylie di quella parte del viaggio, e neanche di cosa avevo visto della morte di mia madre. Sapeva solo che l'avevo vista. Se avesse saputo che stavo andando ad affrontare un gruppo di esseri magici assassini, avrebbe *davvero* dato di matto.

Che senso aveva farla preoccupare, quando era troppo lontana per aiutarmi?

"Siamo arrivati o no?" Chiese Marco dal sedile davanti a me, con una vocina infantile. Diedi un leggero calcio al suo schienale, e lui mi rivolse un sorrisetto divertito.

Aaron ridacchiò dal posto del passeggero anteriore,

ormai suo. "Quasi. Perché i gatti sono sempre così impazienti?"

"Perché sappiamo quanto abbiamo da offrire al mondo, e non possiamo accettare di essere trattenuti," dichiarò Marco. Appoggiò i piedi sul sedile del conducente di fronte a lui.

Nate, che era seduto lì, rispose con uno sprezzante verso di sdegno. "Non mi pare che tu abbia offerto un bel niente durante *tutto* il viaggio, a parte i soldi che ci hai fatto spendere al ristorante, ieri sera. Dovevi proprio scegliere i piatti più costosi."

Marco agitò una mano, respingendo le sue parole. "Ho appena passato una settimana su una montagna mangiando cibi a lunga conservazione. Meritavamo *tutti* un buon pasto."

Nessuno mi guardò a quelle parole, ma sentii lo stesso l'attenzione spostarsi su di me. Tutti, eccetto West, si erano offerti di tenermi compagnia sui sedili posteriori, ma avevo risposto che volevo stare un po' per conto mio per riflettere e chiacchierare con Kylie. Sapevo che erano ancora preoccupati per la mia reazione alla morte di mia madre. Non avevo molta voglia di mangiare al ristorante, è vero. Volevo solo andare avanti e fare giustizia.

Come se avesse captato i miei pensieri, Aaron si rivolse a me. "Non appena saremo arrivati, manderò uno dei miei a organizzare un incontro con la regina delle fate. Non dovrebbe volerci molto perché risponda."

"Sono certo che saranno felici di accoglierci," grugnì West, seduto accanto a Marco.

Lo ignorai. "Grazie," risposi ad Aaron.

L'odore di salsedine nell'aria si fece più intenso. Il

furgone si fermò davanti a un cancello in ferro battuto incastonato in un alto muro di pietra. Il mio battito accelerò. Istintivamente, infilai la mano in tasca e strinsi il medaglione della mamma. Il metallo solido mi riportò coi piedi per terra.

Mi sa che devo salutarti, per ora, scrissi a Kylie. *Sembra che siamo arrivati.*

Fa' vedere a tutti i mutaforma che sei la migliore regina dei draghi che abbiano mai visto! Rispose.

Sorrisi, ma mentre mettevo via il telefono non mi sentivo affatto una regina. Indossavo una maglietta e dei jeans, non ero truccata ed ero ancora tutta dolorante per le scalate su e giù per la montagna. E non avevo neanche idea di cosa aspettarmi da quella comunità.

Aaron mi aveva spiegato che ogni famiglia aveva una sorta di centro operativo: i volatili a nord–ovest, i canidi a nord–est, i felini a sud–est e il gruppo misto di Nate a sud–ovest. Gli alfa viaggiavano in tutto il Paese in base alle necessità, ma si incontravano con i consiglieri e tenevano gli archivi nella loro tenuta. Se un mutaforma aveva bisogno di aiuto, poteva presentarsi lì ed essere certo che gli avrebbero prestato assistenza.

Anche i draghi possedevano una tenuta, ma era rimasta vuota per sedici anni. Si trovava proprio al centro del Paese, per non privilegiare nessuno dei gruppi. Era lì che si trovava la mia famiglia quando i ribelli avevano sferrato il primo attacco.

Mi si strinse lo stomaco al pensiero di tornarci. Avevo dei ricordi d'infanzia felici dei cinque anni vissuti lì, da bambina… Ma gli ultimi ricordi di quella casa e di quelle terre erano pieni di violenza e panico.

Udii una musica proveniente dall'esterno del van. Sbirciai fuori dal finestrino: un'enorme villa si ergeva davanti a noi. Una luce interna brillava da ogni finestra, illuminando l'oscurità sempre più profonda della sera. Colonne di marmo bianco incorniciavano le doppie porte, e sculture di uccelli ornavano le grondaie del tetto spiovente.

Gli alberi che costeggiavano il viale fino alla villa erano costellati di lanterne brillanti. Tra il terreno boscoso e l'ampia scalinata della villa, giaceva un enorme cortile. Proprio lì si era radunata una folla di persone. Danzavano a ritmo di musica, facendo vorticare altre luci.

Qualcuno doveva aver notato le luci del van, perché si levò un grande applauso. I ballerini si fermarono per guardare il nostro arrivo.

Aaron si voltò a guardarmi. "I miei simili non vedono l'ora di conoscerti," disse. "Volevano che la tua prima visita qui fosse speciale."

Mi strinsi tra le braccia, cercando di contenere il nervosismo. Quei mutaforma volevano piacermi, ero la compagna del loro alfa. Ero già stata messa sotto torchio e seguita ovunque nel piccolo villaggio dove ci eravamo fermati prima di andare sulla montagna, ma presentarmi a quella folla entusiasta era tutta un'altra cosa. C'erano centinaia di persone davanti a noi.

"Non so cosa dirgli," esitai. "Né cosa fare. E poi—"

"Sii solo te stessa. La nostra Principessa delle Fiamme." Marco mi rassicurò con il solito sorriso. "Nessuno potrebbe desiderare di più."

Non ne ero altrettanto sicura, ma quando Nate

parcheggiò il furgone ai margini del cortile, raddrizzai la schiena.

Ed eccomi lì. Quello era l'inizio del resto della mia vita, come drago che teneva unite le quattro famiglie dei mutaforma. Avevo lottato per arrivare lì, e avevo intenzione di dare il meglio di me stessa.

12

West

Una donna dall'odore di passero mi venne addosso da dietro. Un secondo dopo, un mutaforma mi spinse di lato col gomito. Stringendo i denti, m'incamminai lungo il bordo del cortile. La musica sembrava risuonare da ogni direzione, leggermente più forte della cacofonia di voci – c'erano così tante voci. I volatili avevano sempre un sacco da dire.

I lupi erano animali da branco, certo, ma un branco era composto da dieci, forse quindici esemplari. A noi non piacevano le *folle*. Non c'era spazio per correre, non c'era spazio di manovra. Non avevo idea di come facessero a piacere a qualcuno. In più, nessuno sembrava mostrare il minimo rispetto per il mio status di alfa. Erano tutti concentrati sul ritorno del *loro* capo – e, ovviamente, sulla compagna al suo fianco.

Diedi un'occhiata dietro di me, oltre il mare di teste. I sudditi di Aaron avevano allestito un palco al centro del cortile, cosicché l'alfa potesse salirci e sfoggiare Ren. Lei sorrideva, stringeva mani e riceveva abbracci, ma aveva la stessa aria incerta di quando era stata accerchiata nel mio villaggio.

Una fitta che non mi piaceva affatto mi attraversò il petto: l'impulso di andare da lei, di darle supporto con la mia presenza. Era davvero pronta a tutto ciò che l'aspettava?

Serrai le mascelle. Se davvero voleva quel ruolo, avrebbe dovuto essere pronta a tutto. Stavolta non potevo intervenire e salvarla per darle un po' di respiro. Toccava all'aquila. A ogni modo, se l'era cercata quando aveva suggellato il legame con lui. Erano problemi suoi.

Distolsi lo sguardo e vidi Marco ai confini del cortile. Ero convinto di trovarlo nel bel mezzo dei festeggiamenti, dato che di solito inseguiva il divertimento come avrebbe fatto con un bel topolino gustoso. Ma forse stava dando una festicciola privata. Aveva radunato attorno a sé un gruppo di mutaforma che non sembravano volatili. Quando mi avvicinai, diedi una bella annusata. Erano tutti felini.

"Come mai questo convegno di gatti, qui?" Chiesi.

Lo sguardo di Marco scivolò su di me. Si strofinò le dita come per liquidarmi. "Una delegazione di simili mi ha raggiunto qui. I vampiri a New York stanno facendo i capricci. Nulla che non possiamo risolvere da soli."

Vampiri. Feci una smorfia. "Dopo quell'incontro nel loro territorio, non mi stupisce che siano incazzati."

"Beh, non abbiamo avuto molta scelta. Dovevamo per

forza affrontarli, no? E ora dobbiamo affrontare anche le fate. Anche se, a dire la verità, stavolta hanno cominciato loro."

Uno dei felini diede un colpetto a Marco con il gomito. Marco si chinò per ascoltare qualunque commento il tizio non volesse farmi sentire. Come se fossi interessato alle loro chiacchiere. Ero felice di lasciare i vampiri nelle loro mani.

Certo, avrei preferito avere a che fare con loro, piuttosto che con le fate. Un brivido s'insinuò sotto la mia pelle mentre mi voltavo.

Ren era così decisa a portare la questione alla regina. Non aveva idea del rischio a cui stava andando incontro, né di quanto fossero pericolose le fate. Avevano ucciso sua madre per impedirle di arrivare a quel misterioso potere che ora lei recava in sé, quindi era chiaro che l'avrebbero vista come un pericolo ancora più grande. Andare da loro significava solo cercare guai, non importava quanto fossero orrendi i crimini di cui si erano macchiate.

Ma il nostro drago non accettava di buon grado un 'no', vero? Il mio sguardo fu attratto di nuovo da lei, in piedi sul palco. Non potevo negare che ci fosse qualcosa di regale in lei, persino nei suoi semplici panni umani. Qualcosa di maestoso che stava crescendo.

Qualcosa che volevo toccare, assaporare, possedere.

Un'ondata di desiderio dilagò nelle mie vene. La frenai, respingendola.

Come potevo esser certo che quel sentimento fosse davvero mio, e non solo un sintomo del nostro legame? Esisteva per *quello* che eravamo, o per *chi* eravamo? Ogni istinto mi spingeva verso di lei, ma non significava che fosse la decisione giusta. Aveva ancora così tanto da imparare, tanta disciplina da apprendere…

Dovevo smetterla di sentire l'impulso di essere io a insegnarle tutto.

La mia gente contava su di me perché facessi la scelta migliore. Per guidarli nella direzione di cui *loro* avevano bisogno. Ren aveva l'opportunità di mettersi alla prova, di mostrare di che stoffa era fatto il drago che tutte quelle persone stavano aspettando. Non ci sarebbe voluto molto per capire se avrebbe brillato oppure fallito.

I miei occhi erano ancora incollati a lei. Accidenti se brillava in quel momento. Sorrideva alla donna che era salita sul palco per porgere i suoi omaggi, e il suo viso si voltò verso di me. Chinai la testa prima che si accorgesse che la stavo guardando.

Aveva già visto quanto potere avesse su di me. Dovevo mantenere le distanze finché non fossi stato sicuro.

Ren

Aaron mi posò una mano rassicurante sulla schiena, poi si chinò in modo che potessi sentirlo in tutto quel trambusto. "Stai bene?" Mi chiese.

"Sì," risposi con un sorriso sincero. Il mio corpo ondeggiava automaticamente al ritmo della musica che risuonava nel cortile. Il nervosismo si era trasformato in un'emozione più piacevole. "Sto bene. Voglio dire, è un po' travolgente, ma... sono tutti così gentili. Di cosa dovrei lamentarmi?"

Sorrise. "Sono contento. Stanno aspettando questo giorno da tanto, tanto tempo."

E anche lui. L'orgoglio mi riempì il petto. Aveva guidato da solo il suo gruppo per così tanti anni, da quando era poco più che un ragazzo, e ora potevo stare al suo fianco.

Strinsi la sua camicia tra le dita e gli stampai un bacio sulle labbra. Aaron mi accarezzò la guancia, ricambiando con dolcezza e passione allo stesso tempo, fino a farmi mancare il fiato. Sentii una vampata di desiderio. Tutto d'un tratto, avrei voluto che la folla sparisse.

Ma le nostre effusioni in pubblico non turbarono nessuno. Anzi, ci fecero un applauso. Mi tirai indietro, con un sorriso imbarazzato. "Scusate."

Aaron scoppiò in una risata. "Per cosa? L'hanno adorato." Il suo sorriso si fece malizioso. "Proprio come me. I mutaforma non sono timidi né nel mostrare il loro corpo, né nelle dimostrazioni d'affetto. Guardati intorno."

Indicò la folla. Lasciai che il mio sguardo spaziasse sulla massa di corpi intorno al palco. La folla si estendeva per tutto il cortile, fino agli archi in marmo ai suoi confini e alla distesa di alberi oltre. Nonostante la luce delle lanterne sparse qua e là, era piuttosto buio. Non avevo notato il comportamento di cui parlava finché non scrutai meglio.

Oh. Lungo i margini del cortile – contro le colonne

degli archi o proprio in mezzo alle persone in festa – delle coppie si stavano dando da fare. Si baciavano, si strusciavano e si abbandonavano alla lussuria. Vidi una giovane coppia sul punto di concludere proprio lì, su una panchina di pietra. Una donna gettava la testa all'indietro in preda all'estasi, mentre il suo partner le accarezzava i seni sotto la maglietta. Altre tre persone divoravano a turno la bocca l'uno dell'altra. A quante pareva, i draghi non erano gli unici a godere di più compagni.

Il rossore sul mio viso si estese al resto del corpo. "Wow, okay. Se proprio devo preoccuparmi di qualcosa, è che i tuoi simili mi credano una puritana."

Aaron mi cinse la vita con un braccio. "Non *devi* preoccuparti di niente. Ti accetteranno esattamente per quella che sei. E queste attività in pubblico potrebbero essere un po' più, ehm… estreme di quanto non sia normale anche per noi, stasera. Hanno un bel po' da recuperare."

Ci misi qualche istante a capire di cosa stesse parlando. West mi aveva detto che nessuno poteva avere figli se l'alfa non aveva una compagna. Ora non c'erano più ostacoli alla procreazione. Immaginai che sarebbero nati un sacco di volatili, a nove mesi da quella sera.

Un sacco di piccoli mutaforma di ogni tipo, una volta che avessi accettato tutti i miei compagni.

Quel pensiero mi provocò una strana sensazione: un entusiasmo elettrizzante misto a un'incertezza ansiosa. Non dovevo trascurare gli altri, neanche in quel momento. Dopotutto, non avrei ignorato Aaron quando ci saremmo trovati nelle altre tenute.

Guardai di nuovo tra la folla, questa volta alla ricerca del resto dei ragazzi. Non vidi né Nate né West, anche se un senso innato mi diceva che erano nelle vicinanze. Marco era in piedi accanto a uno degli archi, stava parlando con dei mutaforma.

Ed era accigliato – un'espressione che capitava raramente di vedergli in volto. Mi si annodò lo stomaco. C'era qualche problema?

"Ehi," dissi ad Aaron. "Va bene se faccio un giro, o dovrei restare qui tutto il tempo?"

"Va' pure," rispose. "La tenuta dovrebbe essere sicura. I miei uomini stanno controllando il marchio di chiunque arrivi."

Saltai giù dal palco e fui immediatamente travolta dal fermento della festa. Le persone mi davano strette amichevoli alle braccia, mi gridavano commenti gioiosi e mi sorridevano come se... beh, come se avessero aspettato sedici anni solo per conoscermi. Ricambiai tutti quei sorrisi fino a sentirmi le guance indolenzite. Il mio cuore batteva forte, ma ancora non volevo abbandonare quel caos.

Era la prima volta che mi sentivo completamente a casa, da quando ero scappata con mia madre tanti anni prima.

Sgusciai gradualmente via dalla folla, fino all'arco dove avevo visto Marco. Quando arrivai, pensai che fosse scomparso. Poi sentii la sua voce dall'altro lato della robusta colonna di marmo.

"Non vedo come possano essere affari vostri."

"Non sono affari nostri?" Protestò un ragazzo. "Noi

siamo la tua famiglia. E la nostra sicurezza dipende dal fatto che tu ti dia una mossa e ti decida a incastrarla."

Incastrarla. Di che stavano parlando? Esitai, sospettando che se mi fossi intromessa in quella conversazione, si sarebbe conclusa in un istante.

"Ci sto lavorando," rispose Marco. "Sono sicuro che sia stato molto più facile per gli altri alfa. Le loro compagne sapevano a cosa andavano incontro da molto più di due settimane."

Qualcun altro, stavolta una donna, sbuffò. "Dov'è tutto il fascino di cui ti vanti in continuazione? Sai in quanti sarebbero felici di prendere il tuo posto se si accorgessero che c'è un posto vacante? E finché non suggellate il legame–"

"*Lo so*," sbottò Marco. "Grazie tante per la preoccupazione, ma vi assicuro che porterò a termine il lavoro. Anche prima del lupo e dell'orso."

Il suo tono era così insensibile che mi mandò su tutte le furie. Indietreggiai, ritornando nella mischia, improvvisamente odiando il pensiero che la gente mi notasse.

Stavano parlando di me, era ovvio. Stavano assillando Marco per via dell'incertezza del nostro legame. Ma non mi aveva esattamente difesa, o sbaglio? L'aveva fatto sembrare come se… suggellare l'unione tra compagni fosse una sorta di competizione. O un *lavoro*, per usare i suoi termini.

La mia mente ritornò alle cose che mi aveva detto qualche sera prima, quando lo avevamo quasi fatto. Mi aveva parlato di quanto tenesse a me, della vita che avremmo vissuto insieme…

Mi si rivoltò lo stomaco. Aveva detto la verità? Oppure aveva solo pensato che un mucchio di frasi sdolcinate fosse il modo migliore per farmi cedere al suo 'fascino'?

Altri volatili mi salutarono, e io riuscii a sorridergli, ma una fitta di dolore mi trafisse il petto. Mi ero convinta che se ci fosse stato *qualcuno* degno di fiducia, quelli erano i miei compagni. Persino West, nonostante la sua scontrosità. E se mi fossi sbagliata?

Senza neanche volerlo, tornai indietro in prossimità del palco. Aaron saltò giù per venirmi incontro. Notò la mia espressione e portò una mano sulla mia guancia. Mi appoggiai al suo tocco, traendone più conforto che potevo.

"I festeggiamenti stanno diventando un po' troppo?" Chiese.

No. Non avrei permesso che qualche stupido commento m'impedisse di godermi appieno quel momento. Avrei deciso come comportarmi con Marco più tardi, quando avrei potuto parlargli a quattrocchi. Quella sera dovevamo festeggiare quello che avevamo conquistato.

Strinsi le dita attorno a quelle di Aaron. "Sto bene. Ti va di ballare?"

"Non rifiuterò mai questo invito da te." Posò l'altra mano sulla mia vita e mi fece volteggiare, abbastanza veloce da strapparmi una risata, nonostante tutto. Poi mi strinse a sé, e iniziammo a ballare al ritmo della musica che riempiva l'aria.

"Quanto in fretta puoi metterti in contatto con la regina delle fate?" Domandai. Non avevo dimenticato il motivo per cui ero lì. Non avrei avuto pace finché non avessi ottenuto giustizia per la mamma.

"L'ho già fatto," rispose Aaron. "Ho mandato qualcuno alla sua cittadella circa un'ora fa. Dovremmo avere una risposta entro domani." Mi strinse la mano più forte. "E se si rifiutasse di ascoltarci, credimi, farò in modo che cambi atteggiamento."

13

Ren

Il cielo si era fatto quasi nero sopra il giardino, punteggiato da un mare di stelle scintillanti. Alzai la testa per guardarle mentre m'incamminavo sul vialetto, lasciando che la luce fioca mi penetrasse.

I festeggiamenti dei volatili stavano iniziando a concludersi. Dalle siepi intorno al cortile si udivano ancora la musica e il chiacchiericcio. Attraversai uno degli archi alla ricerca di uno spazio più tranquillo. Una ragazza deve pur respirare, di tanto in tanto.

L'aria calda e salmastra era un tale sollievo dopo tutto quel tempo passato al gelo sulla montagna. Chiusi gli occhi, godendomela appieno. Una lieve brezza frusciava tra i fiori e i cespugli intorno a me. Un dolce profumo di rose si levò dai boccioli, mescolandosi all'odore dell'oceano. Il fragore delle onde risuonava dall'altro lato della villa, appena udibile alle mie orecchie da mutaforma.

Quando inspirai di nuovo, un altro profumo mi solleticò il naso. Qualcosa di più cupo, terroso, con una punta di pino. Prima ancora di aprire gli occhi, sapevo che avrei visto West.

Il lupo era in piedi accanto a un graticcio di legno. Una vite in fiore si arrampicava tra le assicelle intrecciate, sopra una panchina in pietra come quelle che circondavano il cortile. West guardava lontano da me, verso i confini del giardino e la cima del muro di cinta visibile appena oltre. Aveva le mani in tasca e la testa inclinata di lato – era pensieroso.

Esitai. La forza del nostro legame mi spingeva ad andare da lui, ma quello che forse era il buon senso mi suggeriva di lasciarlo in pace. Se avesse voluto compagnia, non si sarebbe nascosto lì nel bel mezzo di una festa. E non è che avesse mai suggerito di voler passare del tempo con *me*.

Ma forse era proprio per quello che avrei dovuto avvicinarmi. A volte si comportava da idiota – okay, molto spesso – ma lo capivo. Avevo visto quanto tenesse alla sua famiglia. La dipendenza dei mutaforma dal legame tra draghi e alfa aveva *davvero* portato a conseguenze disastrose, dopo la scomparsa di mia madre.

Ma sapevo che si sentiva esattamente come me. Forse fare l'idiota era l'unico modo che aveva per respingere il desiderio, mentre prendeva una decisione.

Almeno avrebbe dovuto sapere che io ero disposta a dargli una possibilità. Che avrei fatto qualsiasi cosa per la sua famiglia, così come per quella di Aaron e degli altri, se mi fosse venuto incontro. Se avesse deciso di rifiutare il legame e formarne un altro, per creare una nuova tradizione, non sarebbe stato perché *io* l'avevo respinto.

E forse una piccola parte di me stava ricordando l'unico bacio che mi aveva dato, dopo la prima imboscata dei ribelli. Quella passione mi aveva fatto girare la testa. E il mondo in cui mi aveva guardato nella tenda, qualche notte prima…

Quel ricordo mi fece arrossire leggermente.

Girai intorno a una siepe di rose rosse e rosa e a un albero di magnolia. Non stavo esattamente cercando di essere silenziosa, e probabilmente West avrebbe avvertito la mia presenza come io avevo percepito la sua. Ma mi fece comunque trasalire quando mi parlò.

"Essere al centro dell'attenzione inizia a diventare noioso, Scintilla?" Chiese senza neanche voltarsi.

Alzai gli occhi al cielo alle sue parole, anche se mi dava le spalle e non poteva vedere la mia espressione. "Ho passato quasi tutta la vita a esercitarmi a *non* attirare l'attenzione. Credo che ci vorrà un po' perché mi senta a mio agio con queste cose."

Fece un verso vago. Beh, non mi aveva detto di andarmene – era di certo un progresso.

Camminai accanto a lui, sbirciando nella direzione in cui guardava. "Non ti fidi che le sentinelle di Aaron tengano d'occhio la situazione?"

"Non si è mai abbastanza prudenti con le fate," disse. "Ho sentito che ha già mandato qualcuno a richiedere un'udienza, quindi lei sa che sei qui. Saprà anche dov'eravamo prima e il motivo dell'incontro."

"Pensi che sappia già che sono stati i suoi a uccidere

mia madre? Credi che sia stata una *sua* idea?" Sentii un dolore al petto. Se la regina delle fate avesse ordinato l'omicidio del leader dei mutaforma... sarebbe stato un atto di guerra, no? Perché ci odiavano al punto da arrivare a tanto?

"È improbabile," ammise West, con mio grande sollievo. "Le fate non sono affatto stupide. Ma la regina avrà fatto pensare in qualche modo che sarebbe stata una buona idea. E faccio fatica a credere che in sette anni non sia venuta a saperlo. Ma è rimasta in silenzio, non aveva interesse a metterci al corrente."

"Che succederà se decidono di dichiararci guerra?" Domandai. L'immagine delle fate che aprivano il fuoco su mia madre mi balenò in mente, facendomi venire i brividi. "Possiamo davvero contrattaccare?"

Le labbra di West si curvarono in un sorriso torvo. "I mutaforma sono forti. Ci vogliono almeno due fate per abbatterne uno; a eccezione dei più deboli, come quella donnola. E siamo molti più di loro. Gli daremmo filo da torcere, ma questo non significa che sia una buona idea andarcela a cercare."

"Io non *voglio* combattere," risposi. "Voglio solo risposte. Voglio che le fate che hanno ucciso mia madre paghino per il loro crimine. Non credo di chiedere tanto."

"Tu non le conosci," obiettò West.

Nel pallido chiarore della luna, il suo bel volto sembrò improvvisamente tormentato. Forse non conoscevo ancora le fate, ma lui sì, era chiaro. Il dolore che sentivo agitarsi dentro di lui mi fece stringere il cuore. Mi feci coraggio.

"Che ti hanno fatto?"

Per la prima volta, i suoi penetranti occhi verdi

incontrarono i miei. "Cosa ti fa pensare che mi abbiano fatto qualcosa?"

Inarcai un sopracciglio. "A parte il fatto che ce l'hai scritto in faccia a caratteri cubitali e te lo si legge nella voce? Come mutaforma sarò anche una novellina, ma non sono un'idiota."

Si girò, portando il suo corpo snello a un soffio dal mio. Così vicino che sentii caldo dalla testa ai piedi. Chinò la testa con un'espressione che non riuscii a definire – un misto tra curiosità, angoscia e sfida. Ridusse la voce a un sussurro, e il suo tono limpido e gutturale mi solleticò le orecchie.

"Ti interessa davvero? O è solo perché pensi sia tuo compito?"

Lo fissai negli occhi a mia volta. All'improvviso era diventato così difficile pensare, con tutto quel desiderio che scalpitava nel mio ventre. Per fortuna non era una domanda difficile.

"*Certo* che m'interessa. Credi davvero che sopporterei il modo in cui mi parli la maggior parte delle volte, se non vedessi che in te c'è molto di più? Io voglio conoscerti."

"Pensi che scopriresti qualcosa di diverso da quello che hai già visto, Scintilla?"

La mia voce si fece bassa quanto la sua, con una nota leggermente provocatoria. "Non lo so, ho sentito dire che i draghi sono molto perspicaci su questo genere di cose. E se proprio vuoi saperlo, questo soprannome sta iniziando a piacermi, quindi se l'obiettivo è infastidirmi dovrai trovarne un altro."

"Ci penserò," disse arricciando le labbra in modo strano. Non capii se stesse trattenendo una smorfia o un sorriso. Ero troppo distratta dalla sua bocca, a pochissimi centimetri dalla mia. Praticamente niente. Poi una qualche parte geniale del mio cervello trovò la scusa perfetta per toccarlo.

"La tua cicatrice, quella che quasi *brilla*. Te la sei fatta lottando con le fate?" Allungai una mano per toccargli il petto, trattenendo il fiato.

West la bloccò a un centimetro dal suo torace. Le sue dita si chiusero sulle mie, decise e ardenti. Irradiava così tanto calore che per un secondo pensai che mi stessi sciogliendo.

"Sei sicura che sia questo che vuoi fare?" Chiese. La sua voce tenue e cupa era quasi un bisbiglio.

Sentii una fitta di dolore tra le gambe. Mi bagnai le labbra. Al diavolo. "No," risposi. "Voglio *questo*."

Infilai l'altra mano tra i suoi capelli argentei e ramati e premetti le labbra sulle sue.

Un gemito risuonò nel suo petto. Ricambiò il bacio con forza, lasciandomi la mano per afferrarmi la vita e stringermi a sé. Il tepore del suo corpo mi avvolse, come se fossimo due persone e allo stesso tempo due parti di un unico insieme. Due parti che volevano disperatamente fondersi l'una nell'altra.

Mi aggrappai alla sua maglia, abbandonandomi completamente alla sua morsa e all'esigenza della sua lingua. Non c'era nulla che desiderassi di più al mondo.

I miei fianchi s'inarcarono verso i suoi di loro iniziativa. Con un ringhio famelico, mi sollevò e mi distese sulla panchina di pietra senza interrompere il bacio. Si sistemò su di me, strusciandosi in modo così sensuale. Mugolai e lo strinsi più forte. Il rigonfiamento nei suoi jeans si muoveva deliziosamente sul mio sesso, e io mi dondolavo sotto di lui. Gemette di nuovo, poi scese più giù con la testa per divorarmi il collo con bollenti leccate.

Ansimai, toccandolo ovunque con un abbandono che mi avrebbe imbarazzata, se non fosse sembrato così voglioso anche lui. Le mie dita trovarono l'orlo della sua maglia, infilandosi sotto per percorrere la sua schiena nuda.

West mi afferrò i fianchi e li spostò in modo che la sua erezione toccasse meglio il mio clitoride, anche attraverso i vestiti. Mi sfuggì un gemito.

Non m'interessava che qualcuno potesse aggirarsi nel giardino e vederci – o sentirci. Lui era *mio*, io ero sua, ed eravamo destinati a stare insieme. Dal momento in cui ero nata, da quando lui era stato nominato alfa. Prima che tutta quella violenza e il rancore ci dividessero.

"Westley," mormorai, chinando la testa in cerca della sua bocca.

Al suono del suo nome completo, s'irrigidì. Si spinse via in maniera così brusca che per qualche secondo non potei far altro che sbattere le palpebre. Il mio corpo pulsava per la perdita di quel contatto.

Mi fissò. Un tremore lo scosse. Le sue mani erano strette sui fianchi, la sua bocca arrossata per i baci e la sua virilità ancora dura sotto i jeans, ma i suoi occhi erano freddi come la pietra.

"No," sbottò. "Non sono *Westley* per te, e non fingere che sia così."

Mi misi seduta, completamente senza fiato. Di che stava parlando? "Io… non volevo… Uno dei mutaforma al tuo villaggio ti ha chiamato così. Mi è venuto in mente e mi è sembrato…"

In quel momento mi era sembrato naturale, ma ovviamente a lui no. Non sapevo come spiegarlo, stavo solo seguendo i miei istinti.

"Sei stata via per sedici anni," esclamò in tono secco. Non mi conosci, e io non ti devo niente. Non mi *serve* niente da te. Ho mantenuto il mio ruolo di alfa per tutto il tempo, e continuerò a farlo, che io accetti i tuoi dannati termini o meno."

"West," iniziai, ma la sua espressione mi respinse del tutto. La mia voce vacillò.

Se ne andò a grandi passi, percorrendo i vialetti del giardino verso il cortile. Lo seguii con lo sguardo, sentendomi dolorosamente eccitata e sola – e più incredula di quanto volessi ammettere.

14

Ren

Dopo che i festeggiamenti furono terminati, a notte fonda, fui scortata nelle stanze riservate al drago. La mattina dopo, fu un sollievo scivolare fuori dall'elegante letto a slitta, in legno di quercia, e passeggiare fino alla sala da pranzo privata, dove non avrei incontrato altri estranei. L'ampia stanza dalle pareti bianche si annidava tra gli alloggi dei draghi e quelli destinati agli alfa. Nessun altro poteva usarli.

Quando entrai, Nate stava già divorando la colazione al tavolo in legno lucido. C'erano uova in camicia, pancetta e frutta fresca già tagliata. Il mix di profumi dolci e salati mi fece venire l'acquolina in bocca. Aaron era in piedi accanto alla grande finestra che dava sull'oceano, con una tazza di caffè tra le mani. Spostò lo sguardo dalle onde che s'infrangevano e si voltò a salutarmi con un sorriso.

"Hai dormito bene, Serenity?"

"A quanto pare mi sono già persa metà mattinata, quindi direi di sì." Mi avvicinai al buffet dove erano disposti i piatti. Wow, da dove potevo iniziare? Il mio stomaco brontolava impaziente. "È davvero una casa bellissima."

Aaron rise. "Non posso prendermi tutto il merito. La tenuta è stata tramandata di alfa in alfa da quando ho memoria. Ma è una bella ricompensa, viste le responsabilità che abbiamo."

Nate diede un colpetto al tavolo sul posto accanto al suo mentre mi avvicinavo con un piatto bello pieno. "Da qui si vede benissimo l'oceano."

"Lo stai dicendo solo per avermi vicino?" Scherzai.

Per fortuna, l'orso sorrise. Le cose si erano fatte un po' strane tra noi da quando lo avevo rimproverato di essere troppo protettivo, ma non volevo che pensasse che ce l'avevo con lui. E speravo che per lui fosse lo stesso. La sensazione che mi trasmise mentre mi sedevo fu leggermente esitante, ma calorosa.

"Quello è un vantaggio extra," rispose. Lasciai che la mia gamba si appoggiasse alla sua sotto al tavolo, e il suo sorriso si allargò.

Non volevo che scordasse quello che gli avevo detto su come trattarmi, ma lo *desideravo* ancora. Fece scivolare una mano lungo la mia coscia fino a stringermi il ginocchio, in un gesto che sarebbe sembrato spensierato se non mi avesse scatenato il formicolio tra le gambe. Oh, lo desideravo eccome, e non avevo dubbi che per lui fosse la stessa cosa.

Ma sentir parlare Aaron della linea di successione degli

alfa mi fece tornare alla mente i pensieri della notte precedente, e il profondo disagio che avevo provato nei confronti degli altri alfa. Prima quella strana conversazione tra Marco e i due mutaforma; poi la parentesi con West, che non so come era andata completamente storta. Ancora non sapevo di preciso per cosa si era arrabbiato, ma il commento che aveva fatto mi era rimasto impresso, specialmente dopo le stranezze di Marco.

Ho mantenuto il mio ruolo di alfa per tutto il tempo, e continuerò a farlo, che io accetti i tuoi dannati termini o meno.

Aaron mi aveva già raccontato di aver dovuto lottare per restare l'alfa. Più di una volta, altri volatili che volevano il comando lo avevano sfidato. Ero stata troppo concentrata sul mistero di mia madre per pensare a come la mia ricomparsa avrebbe cambiato le dinamiche di governo per i ragazzi.

Immersi l'angolo del mio toast nel tuorlo d'uovo perfettamente cremoso e diedi un morso, ma ormai mi sentivo agitata. Non riuscivo a calmare la mia mente. E perché avrei dovuto? Era anche *mio* compito regnare sui mutaforma. Dovevo riuscire a comprendere tutto, nei minimi dettagli.

Aaron si sedette di fronte a me. Lo guardai. "Sarà più facile per te... essere rispettato come alfa, ora che sono qui e siamo ufficialmente compagni? Voglio dire, ci saranno meno persone che ti sfideranno o cose del genere?"

Annuì, studiandomi con i suoi brillanti occhi blu. "Molti dei disordini nella comunità dei mutaforma erano dovuti al non avere un drago che garantisse il solito equilibrio. Vedendo che sei qui ad assumere quel ruolo, saranno meno irrequieti." Sfoggiò un sorriso soddisfatto. "E molti riterranno che avermi accettato come compagno sia un punto in mio favore."

"Sarà lo stesso per tutte le famiglie, immagino."

Nate sollevò la testa con espressione preoccupata. "Non devi farti carico di questi problemi, Ren. Sei qui con noi, e non devi fare nulla che ti metta a disagio. Nessuno deve metterti fretta. Noi riusciremo a gestire qualsiasi sfida si presenterà."

Beh, Marco un po' di fretta me l'aveva messa, anche se aveva cercato di convincermi del contrario. Tagliai un pezzo di pancetta, ma la lasciai nel piatto.

"Lo so," replicai. Non volevo lanciare accuse così dirette al giaguaro davanti agli altri. Come potevo spiegarmi? "Ho sentito Marco parlare con alcuni felini, ieri. Sembra che molti di loro siano abbastanza agitati. Mi chiedevo solo se fosse la stessa cosa anche per voi."

Dal verso che fece, Nate sembrò indeciso. "In generale, il temperamento dei gatti non si presta bene all'essere governati. Stanno sempre a battibeccare."

"In più, immagino che essere il più giovane degli alfa non abbia aiutato," sottolineò Aaron. "Aveva solo dieci anni quando quello prima di lui è morto. E di certo avrete notato che la sua personalità può essere un tantino... provocatoria."

"Non tiene mai la bocca chiusa," borbottò Nate. "E non prende mai nulla sul serio."

Aaron ridacchiò. "Credo che ci tenga più di quanto gli piaccia far vedere. Ma sì, intendevo proprio questo."

Ci teneva fin troppo a non perdere lo status di alfa, se non altro. Masticai e mandai giù la pancetta, ma aveva perso il suo sapore. Avevo lo stomaco completamente chiuso.

"Ma si è comportato bene finora," commentò Nate, dando un'altra stretta fugace al mio ginocchio. "Non hai nulla di cui preoccuparti nemmeno con lui."

Prima che potessi decidere se aggiungere altro, qualcuno bussò alla porta. "Notizie dalle fate, signore," annunciò una voce.

Aaron raddrizzò la schiena. "Entra," disse. "Qualunque cosa sia, possono sentirla tutti."

Un uomo alto e goffo che mi ricordava un airone entrò nella stanza. Fece un piccolo inchino all'alfa. "La regina ha accettato la sua richiesta," comunicò. "È disposta a incontrarvi domani a mezzogiorno, in territorio neutrale."

"Ha aggiunto altro?" Chiese Aaron.

Il mutaforma airone fece no con la testa. "Non sembrava sorpresa, però."

Perché ci stava già aspettando, come pensava West? Il mio stomaco si annodò ancora di più. Le mie dita strinsero la forchetta con un improvviso impulso a intascarmi l'argenteria, come se rubare mi facesse sentire più in controllo della situazione. Il mio passato da ladra mi tormentava ancora.

Mentre il messaggero si affrettava a lasciare la stanza, mi voltai verso Aaron. "È quello che ti aspettavi?"

"Non mi sorprende che ci faccia aspettare un altro giorno," rispose. "Non vuole sembrare troppo accomodante. A parte questo, il più delle volte è difficile interpretare le fate. Ma non vedo segnali d'allarme." Il suo sguardo divenne pensieroso. "Il nostro lupo ti ha resa nervosa."

"Lui non si fida per niente di loro. La chiamerei paranoia se non sembrasse avere un valido motivo per pensarla così. Dov'è West, comunque?" Mi aspettavo che Marco dormisse fino a tardi, come al solito, ma una cosa del genere non era da West.

Nate indicò la finestra. "Quando sono arrivato, stava uscendo. Starà sicuramente pattugliando la zona."

Aaron scrollò le spalle. "Se è quello che lo fa sentire meglio, faccia pure. Trattare con le fate *è* difficile, ma avrai il supporto di tutti noi, Serenity."

Più pronunciava il mio nome completo, più mi abituavo a sentirlo. Mi ricordava che ero molto di più di una ragazzina che viveva per strada e ricorreva al furto per tirare avanti. Lì avevo trovato il mio posto. E proprio come gli alfa avevano fatto con il loro ruolo, io mi sarei tenuta stretta tutto quello che ero.

Non avevo più tanta fame, però. Mi costrinsi a mandar giù un altro paio di bocconi e mi alzai. "C'è qualcosa che dovrei sapere sui piani di oggi? O posso semplicemente esplorare?"

"Resta all'interno della tenuta, se non sei con uno di noi," replicò Aaron. "Stasera ci sarà una cena formale in cui conoscerai i rappresentanti delle famiglie di volatili più potenti. Fino ad allora, divertiti come vuoi. Io ho un paio di faccende amministrative da sbrigare, ora che sono tornato, ma verrò a cercarti più tardi."

Il calore nel suo sguardo mi fece pensare a tutti i modi in cui avrei potuto divertirmi con lui. La notte prima ero troppo esausta per pensare di usare il letto per qualcosa di diverso dal dormire. Ma c'erano così tante possibilità…

Quel materasso era così enorme che avrebbe potuto facilmente contenerci tutti e cinque.

"Non vedo l'ora," dissi facendogli l'occhiolino. La scintilla nei suoi occhi passò da dolce ad ardente in un istante. Oh, sì. Avrei aspettato con impazienza.

Ma ero *anche* entusiasta di vedere il resto della tenuta. La sera prima, con il buio, non avevo visto niente oltre il cortile e il giardino.

Attraversai le mie stanze e uscii in uno dei saloni principali della villa. La brezza dell'oceano riempiva l'ambiente, con un rinfrescante odore di salsedine che rendeva più sopportabile il calore estivo. Con quelle mura bianche, il pavimento in legno e le ampie vetrate che circondavano la stanza, sembrava di essere in un enorme – ed esclusivo – cottage sulla spiaggia. I vantaggi dell'essere alfa.

Non avevo fatto molta strada quando Marco comparve in un corridoio di fronte a me. Mi fece il solito sorriso malizioso e si avvicinò.

"Buongiorno, principessa."

Volevo sorridergli e ricambiare il saluto, fingendo che fosse tutto okay. Ma con i suoi occhi indaco su di me e tutte le domande che mi ronzavano in testa, mi pietrificai. Il giaguaro scosse la testa alla mia esitazione. "Va tutto bene, Ren?"

Non era il luogo migliore per un confronto, ma al momento non ce n'erano altri in vista. E in realtà non volevo andare da qualche parte per parlare in privato – non prima di aver avuto qualche risposta. Mi feci coraggio e sollevai il mento.

"Non saprei," risposi. "Mi è sembrato che le cose

fossero un po' strane tra te e i tuoi simili, vero? Non sembravi molto felice di parlare con loro, ieri."

"Oh, quello." Marco scacciò la mia preoccupazione con un gesto della mano. "Un piccolo problema coi vampiri. Si risolverà in un niente. A quei succhiasangue piace fare tante storie. Ho mandato una delegazione a chiudere la faccenda prima che possano venire ad arruffare le piume dei volatili."

"Oh," risposi. Ma certo, non avrebbe mai ammesso le altre cose di cui avevano parlato. Feci una pausa, poi mi costrinsi a proseguire. "Ho pensato alle cose che mi hai detto l'altra sera, a quanto tieni a me e quanto sei impaziente d'iniziare la nostra vita insieme."

Una luce bramosa si accese nei suoi occhi. Fece un passo avanti, abbassando la voce. "E dove ti hanno portato questi pensieri?"

Parte del mio corpo rispondeva ancora a lui come aveva sempre fatto. Le mie dita volevano infilarsi tra i suoi capelli scuri, le mie labbra bramavano le sue. Ma un'altra parte di me, quella stretta attorno al mio cuore, si opponeva a quel desiderio. Perché… in fondo, lui cosa voleva *davvero*?

Trattenni il respiro, continuando a guardarlo negli occhi. "Mi chiedevo se pensassi davvero quelle cose, o se l'unica ragione per cui t'importa di stare con me è affermarti meglio come alfa."

Marco serrò la bocca. La luce nei suoi occhi si spense. Riuscì a fare una risatina, ma non ci voleva un intuito soprannaturale per capire che era finta. Fece del suo meglio per tornare al suo solito tono disinvolto. "Principessa, se qualcuno ti ha raccontato delle storie…"

Accidenti, aveva il coraggio di continuare a mentire. Persi la pazienza, fomentata dal bruciore del tradimento che divampava nel mio cuore. "L'ho sentito direttamente dalla tua bocca, ieri sera," sbottai. "Parlavi di me come se fossi un lavoro da portare a termine, un premio da agguantare prima degli altri. Perciò non fingere di non sapere di cosa sto parlando."

Per una volta, sembrava che non avesse nulla da dire. Aprì la bocca, ma rimase in silenzio a guardarmi. Vedevo il panico e il senso di colpa dentro di lui come se ce l'avesse chiaramente scritto in faccia.

Strinsi i denti, cercando di placare il dolore che si gonfiava nel mio petto. Quindi era vero, non riusciva neanche a spiegarsi.

"Non sono un giocattolo per gatti," esclamai, "quindi togliti dalla testa di trattarmi come se lo fossi."

Poi mi voltai e mi affrettai nella direzione opposta, prima che le lacrime iniziassero a rigarmi il volto.

15

Aaron

L'ultima stanza in cui portai Serenity fu la biblioteca. Trattenne il fiato mentre osservava gli scaffali incassati nelle pareti dal pavimento al soffitto, i gruppi di divanetti e poltrone disposti sul tappeto a pelo lungo e la vista dell'oceano su cui davano le due alte finestre.

Sorrisi con orgoglio. Forse non potevo prendermi tutto il merito per la casa, ma avevo fatto in modo di renderla il più accogliente possibile.

"E fammi indovinare," disse il mio drago, indicando gli scaffali ricolmi. "Hai letto tutti questi libri."

Risi. "Impossibile, ma ho passato molto tempo qui dentro, da ragazzo. Prima di assumere il mio ruolo, tra una riunione e l'altra con i miei consiglieri. Non c'era un alfa anziano che potesse guidarmi direttamente, così ho trovato più indicazioni possibili nei libri che quelli prima di me avevano accumulato nei decenni."

"Quando la mamma c'era ancora, leggevo molto," disse. "La biblioteca era un posto sicuro per uscire un po' dall'appartamento. Nessuno poteva disturbarti se trovavi un angolino tranquillo per te. Ma quando se n'è andata e sono finita per strada…"

Un'ombra le incupì il viso. Avrei voluto spazzarla via con una carezza. Non le piaceva parlare molto degli anni dopo la scomparsa di sua madre, ma quando lo faceva, non riusciva a nascondere quanto profondamente l'esperienza l'avesse ferita.

Ma, a modo suo, stava guarendo. Man mano che scopriva la forza dentro di sé, man mano che ci lasciava entrare nella sua vita, la donna che era destinata a essere riaffiorava.

"Qui dentro puoi trovare un angolino tranquillo quando vuoi," le risposi. "La casa è tua quanto mia."

Chinò la testa per un secondo, come per l'imbarazzo. Poi mi sorrise con quel bagliore di fiducia in se stessa che ormai le veniva sempre più naturale. Lo slancio di orgoglio che mi riempì il petto era tutto per lei, così come il desiderio di mostrarle esattamente quanto la adorassi – in tutti i modi possibili – contro uno di quegli scaffali.

L'orologio sul caminetto suonò, non c'era tempo per quel genere di distrazioni. Le presi la mano, godendomi il modo in cui le sue dita sottili si chiudevano automaticamente attorno alle mie.

"Torniamo ai tuoi alloggi. Dovresti scegliere un vestito per la cena, la gente si aspetterà di vederci un po' più eleganti."

Rispose con un sorrisetto. "Vuoi dire che jeans e maglietta non sono abbastanza? Okay, okay. Non ho nulla contro un bel vestito. Facciamo di me una vera principessa."

Ma mentre ci dirigevamo verso le sue stanze, mano nella mano, l'ombra calò di nuovo sul suo viso. Le sue dita strinsero le mie leggermente più forte. La guardai, ma non parlò. "C'è qualcosa che non va? Puoi dirmi tutto, lo sai."

"Lo so." Stavolta il suo sorriso era forzato. "Non devi preoccuparti, non ha nulla a che fare con te o la tua bellissima casa. Ma ora non ho voglia di parlarne. Se più tardi mi andrà, sarai il primo a saperlo."

Non potevo chiedere di più. "D'accordo." La condussi attraverso il salone e nell'ampia camera da letto che aveva ospitato generazioni di draghi mutaforma, ogni volta che soggiornavano nella tenuta dei volatili. C'erano un bagno privato, un letto abbastanza grande per un drago e quattro alfa, e diversi enormi armadi in legno. Camminai verso uno di quelli e lo aprii.

"I draghi portano tutti bene o male la stessa taglia," spiegai. "Alcuni abiti potrebbero essere un po' stretti o leggermente larghi, ma possiamo sempre farne fare uno su misura, se necessario."

Serenity si avvicinò alle mie spalle, spalancando gli occhi. Sfiorò i lembi colorati di seta e raso, lasciandosi sfuggire una risatina. "Mi sento come una bambina a cui è stata appena regalata una scatola con i vestiti più belli del mondo."

Sorrisi. "Prenditi il tuo tempo. Stasera meriti di sentirti una vera principessa."

Feci un passo indietro mentre vagliava gli abiti. Ne tirò

fuori alcuni, lanciandoli sul letto per valutarli meglio. "Hai detto che incontrerò alcuni dei volatili più potenti," disse. "Quindi ci sono mutaforma più importanti di altri?"

"Come in ogni comunità," risposi. "A volte è perché fanno parte della discendenza di alfa passati, altre perché hanno combattuto più valorosamente o contribuito di più in tempi difficili… Non hanno autorità ufficiale, ma la gente dà particolarmente ascolto alle loro opinioni. Quindi cerco di tenerli felici, a patto che non significhi turbare qualcun altro. Conoscerai anche qualche membro della mia famiglia ristretta. Mia sorella dovrebbe arrivare in tempo per cena."

Mi lanciò un'occhiata chiudendo l'armadio, con l'ultimo vestito appeso al braccio. "Hai una sorella?"

"Alice. Ha due anni in meno di me, ma è il doppio più forte." Ridacchiai. "Crescendo, è diventata praticamente la mia guardia del corpo. Poi si è allenata nelle arti marziali e ha ottenuto ufficialmente quel titolo. Penso che andrete d'accordo. Ti proteggerà esattamente come fa con me."

"Beh, non vedo l'ora di conoscerla." Si avvicinò al letto e posò l'ultimo vestito con gli altri. "Okay, è ora di mettersi in tiro."

~

Ren

Feci scorrere le mani sul tessuto liscio degli abiti, cercando di perdermi nel momento. Non era facile, l'espressione colpevole sul volto di Marco mi aveva perseguitata tutto il giorno.

Mi ero fidata di lui. Pensavo di poterlo fare perché era il mio compagno, per il legame che condividevamo – anche se non ancora suggellato. Ma a quanto pareva la pensavamo diversamente. Ero solo uno strumento per arrivare a un fine, non una persona a cui teneva.

Aaron mi posò le mani sulle spalle, strofinandole con dolcezza. Il suo tocco mi riportò al presente. Non mi chiese un'altra volta che cos'avessi, anche se probabilmente si era accorto che ero di nuovo pensierosa.

Se non altro, avevo lui. Ci teneva davvero a me – credeva in me. Potevo contare su di lui mentre cercavo di capire cosa diavolo sarebbe successo con il resto dei miei compagni.

"Mi aiuteresti?" Gli chiesi, lasciando che un pizzico di malizia trapelasse dalla mia voce.

Aaron sollevò le sopracciglia, rispondendo con occhi luccicanti. "Beh, è un invito che non potrei mai rifiutare," sussurrò.

Alzai le braccia e lui mi sfilò la maglietta. Le sue mani si posarono sulla mia vita nuda. Si chinò sulla mia spalla, e il suo respiro mi solleticò la nuca. "Allora, con quale iniziamo?"

I miei capezzoli s'inturgidirono sotto il tessuto del reggiseno. Scacciai l'impulso di lasciar perdere i vestiti e concentrarmi su di lui. Invece, osservai i vestiti che avevo scelto.

Vedendoli tutti insieme, l'abito nero mi sembrò troppo opprimente. Non volevo dare l'impressione di essere a un funerale. Presi in mano quello color lavanda che aveva catturato la mia attenzione. "Che ne dici di questo?"

"Penso che ti starebbe d'incanto."

Aaron allungò le mani per sbottonarmi i jeans, poi li tirò giù e io ne uscii. Sentire le sue dita sulla mia pelle mi lasciava senza fiato.

M'infilai il vestito e aspettai che chiudesse la cerniera. Mi seguì davanti al grande specchio appeso alla parete tra i due armadi. La cornice d'argento brillava quasi quanto il vetro.

Di sicuro non sembravo una ragazza di strada, in quel momento. No, era una donna quella che stavo guardando. La seta avvolgeva la mia esile figura, ricadendo sulle mie gambe come onde del mare. La lavanda si abbinava bene ai miei capelli castano scuro, ma qualcosa non mi convinceva.

Tornai vicino al letto e mi scrollai di dosso quell'abito. Le mie mani caddero su quello dorato al centro. Il motivo a foglie ricamato sulle spalle e sul corpetto lo rendeva un po' più prezioso, e mi piaceva la leggera fantasia disegnata nel tessuto di raso.

"Un'altra scelta eccellente," commentò Aaron con un sorriso.

Quel vestito aveva la cerniera sul lato, ma lui mi aiutò comunque a chiuderla. Quando la stoffa aderì alla mia pelle, un senso di sicurezza mi stava già pervadendo. Tornai allo specchio, il piccolo strascico frusciava sul pavimento alle mie spalle.

Quando vidi il mio riflesso, mi mancò il respiro. I miei occhi ambrati risaltavano sul tessuto dorato, come due piccole fiamme. L'abito mi stringeva leggermente i fianchi prima di scivolare sulle cosce, donandomi qualche curva in più. Avevo un aspetto regale. Potente.

Non sembravo solo una principessa, sembravo una *regina*. Guai a chi osasse mettersi contro il drago.

Sollevai il mento d'istinto, e il sorriso di Aaron si allargò. "È quello giusto?" Chiese.

Non avevo bisogno di provarne altri. "È lui," annunciai.

Mi tirò più vicino. Adoravo la sensazione delle sue mani sul tessuto liscio e morbido, così come quella delle sue labbra quando le portò sulle mie.

Ci baciammo a lungo e con passione. Gli avvolsi le braccia attorno al collo, e lui inclinò la testa per baciarmi più forte. Gemetti per incoraggiarlo. Fece scivolare le mani sul mio corpo, sfiorando le curve dei miei seni.

"Sei meravigliosa con quest'abito," mormorò. "Ma l'unica cosa che voglio fare è togliertelo di dosso."

"Non vedo dove sia il problema."

Fece una smorfia. "Devo incontrare i miei consiglieri tra qualche minuto, per parlare degli ultimi sviluppi prima della cena ed elaborare un piano per l'incontro di domani."

L'incontro con la regina delle fate. La mia libidine colò a picco. Feci un passo indietro per guardarlo negli occhi. "Quanto pensi sia pericoloso incontrarla faccia a faccia?"

Mi portò una mano sul viso, strofinandomi il pollice sulla tempia in un gesto rassicurante. "Non ci hanno attaccati apertamente sulla montagna. Non possiamo fidarci di loro, ma sono vincolate alla parola data, ai trattati che hanno accettato di rispettare – in senso magico. Dobbiamo solo assicurarci che non abbiano trovato qualche sotterfugio, come quello che hanno usato sfruttando i ribelli a loro vantaggio. L'intera comunità dei mutaforma saprà che le abbiamo incontrate in territorio neutrale. Non possono farci del male senza scatenare la loro ira."

Non sembrava troppo preoccupato. E visto che il regno delle fate era proprio lì vicino, di sicuro avrebbe saputo quanti problemi potessero creare.

Trattenni un respiro, non sapendo se ero più nervosa per l'incontro con i pezzi grossi di quella sera o per quello con le fate del giorno dopo.

"Andrai alla grande," aggiunse Aaron. "E noi saremo al tuo fianco, come sempre."

Annuii, d'un tratto troppo sopraffatta dall'emozione per parlare. Mi strinse di nuovo a sé. Quel bacio fu più dolce e allo stesso tempo più passionale, come se mi stesse offrendo tutta la sua devozione con il tocco delle sue labbra. Ricambiai avidamente, assaporando quella sensazione. Ne avevo bisogno. Avevo bisogno che la sentisse anche lui.

Potevo davvero chiamarlo amore, dopo solo un paio di settimane? Non sapevo come altro descrivere la beatitudine della felicità che mi riempiva, stando lì tra le braccia del mio alfa.

Aaron indietreggiò. I suoi occhi luccicavano come se avesse sentito quello che non mi ero permessa di dire ad alta voce. "Sul serio, devo andare. Ma ci vedremo a cena in men che non si dica. Magari potresti… C'è un terrazzo che affaccia sull'oceano, appena dopo la sala da pranzo privata. Se ti va, potresti fare una passeggiata lì. Io lo faccio sempre quando ho bisogno di rilassarmi. Manderò qualcuno a prenderti quando sarà il momento."

Ero così nervosa che una passeggiata sembrava proprio quello di cui avevo bisogno. "Grazie," risposi. "Lo farò."

16

Ren

Il sole stava iniziando a tramontare sull'oceano, facendo risplendere l'acqua in una coltre di scintille.

Camminai sulle piastrelle di pietra fino alla ringhiera che circondava il terrazzo, inspirando l'aroma salmastro trasportato dalla brezza. Era difficile rimanere ansiosi di fronte a quel panorama meraviglioso e con l'infrangersi delle onde che rimbombava nelle mie orecchie. Ero un drago – l'ultimo ancora in vita. Chiunque avesse provato a farmi arrabbiare avrebbe commesso l'errore più grande della sua vita.

Strinsi i pugni sulla fredda superficie in marmo della ringhiera e sollevai il mento. La brezza accarezzava i miei capelli e la morbida gonna del vestito. Sentii la forza del mio retaggio infondersi dentro di me. E la piccola fiamma del potere a cui la mamma mi aveva condotta, ancora tremolante nelle profondità del mio petto. Dove mi avrebbe portata?

Sentii l'impulso improvviso e selvaggio di saltare oltre la ringhiera e lanciarmi sulla spiaggia. Potevo farlo. Il pendio sabbioso sottostante sembrava un po' sconnesso, ma con qualche acrobazia sarei atterrata facilmente.

Eppure, anche se quel desiderio aumentava, sapevo che saltare non mi avrebbe più dato la stessa euforia. Ormai sapevo cosa si provava a volare *davvero*. Non c'era nulla di paragonabile.

Un giorno sarei stata in grado di mantenere la mia forma di drago per ore e ore, per volare e librarmi fin quando le mie ali mi avrebbero sorretta. In quel momento, sembrava terribilmente bello.

Il mio cellulare vibrò nella pochette che avevo portato con me. Lo tirai fuori, sapendo già che era Kylie. La mia migliore amica era l'unica ad avere il mio numero. Non c'era nessun altro nella mia vita di cui mi fidassi abbastanza da volerci restare in contatto... eccetto i ragazzi. Ma non ci eravamo ancora mai separati.

Come sarebbe stato dividerci? Avevano dei doveri da alfa di cui occuparsi. Prima o poi avrebbero dovuto recarsi in tenute diverse, e non saremmo potuti rimanere tutti insieme. Nonostante tutte le incertezze che gravavano su di noi, parte di me non desiderava altro che averli sempre vicino.

Quando mi sarei abituata alla situazione, tutti quei sentimenti assurdi sarebbero diventati più facili da gestire, vero?

Che si dice nella terra dei mutaforma reali? Scrisse Kylie. Sorrisi e mi appoggiai alla ringhiera per risponderle.

Grande cena di lusso, stasera. Non crederesti mai al vestito che ho addosso.

Ren con un vestito!!! Oddio, non posso credere che me lo perderò. Mandami una foto. È un ordine.

Risi e allontanai il telefono per cercare d'inquadrare il più possibile l'abito in un selfie. Quando glielo inviai, Kylie rispose con una foto dei suoi occhi sgranati per lo shock.

Sei spettacolare, Ren. I tuoi quattro alfa dovranno darsi da fare per tenere a bada il resto dei maschioni, lì.

Non credo che la gente venga a questa cena per rimorchiare, risposi. *Sembra che ci siano un sacco di questioni politiche serie da discutere. Ci saranno i capi delle famiglie più importanti e cose del genere. Immagino che vogliano assicurarsi che esisto davvero e che Aaron non si sia inventato di avermi finalmente trovata.*

Sei proprio importante, eh?

Già. Mi fermai, pensando alla conversazione di quella mattina con Marco con un nodo in gola. *A quanto pare, avere accanto un drago come compagna rende più facile per gli alfa essere accettati dagli altri. Immagino sia per questo che dicevano che avrei unito tutte le famiglie dei mutaforma. Sembra una bella responsabilità.*

Ma loro ti aiuteranno, puoi farcela. Non pensi di essere ancora in pericolo, vero? Ormai avete conciato quei bastardi dei ribelli per le feste.

Il mio stomaco si contorse ancora di più. Non volevo raccontarle delle continue minacce, né di quanto fossi preoccupata per l'incontro con la regina delle fate. *Non nell'immediato. Almeno credo. Non so cosa aspettarmi, andando avanti. Mi sto ancora abituando a ESSERE una mutaforma. Ci sono stati molti conflitti nelle comunità, dopo la sparizione della mamma, e ancora non ne so granché.*

Beh, tu pensa a te stessa. Non importa cosa vogliono da te: devi mettere te stessa al primo posto. E se qualcuno ha qualcosa da ridire, mandalo da me e lo rimetterò in riga.

Non potei fare a meno di sorridere. Non avevo dubbi che l'avrebbe fatto – mi aveva sempre guardato le spalle. Perfino quando il caos soprannaturale ci è piombato addosso.

TU stai bene ora, vero? Chiesi. *Ti sei ripresa del tutto dall'attacco al villaggio?*

Oh, sì. Sono in forma smagliante. Qualunque cosa mi abbiano fatto quei mutaforma, le mie ferite sono guarite alla velocità della luce. Sembra quasi che non sia mai stata assalita. Le cicatrici potrebbero rimanere, ma va bene così. Mi fanno sembrare ancora più tosta.

Bene, sono contenta che essere stata quasi uccisa non abbia scalfito il tuo stile.

Ehi, ci vuole più di qualche lupo mannaro assassino per mettermi k.o.

Era proprio vero. La immaginai accanto a me, con il suo sorriso perenne e il corpo minuto coronato dal taglio corto rosa fluo. Una fitta di nostalgia mi colpì.

Non appena capirò come far funzionare le cose, tornerò a trovarti. O magari potrò farti venire ovunque io sia. Queste 'tenute' degli alfa sono incredibili.

Come ho già detto, sentiti libera quando vuoi di trovare un bel quartetto di mutaforma tutto per me!

Lo terrò a mente.

Mi inviò un'emoji con l'occhiolino che mandava un

bacio. *Devo andare al lavoro. Falli secchi, stasera a cena. Ma non letteralmente, okay, signorina Drago?*

Misi via il telefono e tornai a osservare l'oceano. Molte cose nella mia vita erano in alto mare, in quel momento. Ma era bello immaginare un futuro in cui avrei semplicemente potuto stare con la mia amica in un posto come quello, senza preoccuparmi di improvvisi attacchi dei ribelli o complotti delle fate.

La porta del terrazzo si aprì alle mie spalle, rivelando il corpo massiccio di Nate. Era ancora più bello del solito nell'abito formale che indossava, che fasciava i suoi muscoli alla perfezione. Forse mi mancò un po' il fiato di fronte a quella vista.

Il suo sguardo si posò su di me con un sorriso quasi timido. Mentre si avvicinava, squadrandomi dalla testa ai piedi, i suoi occhi luccicavano di un'ammirazione senza malizia. Avevo fatto colpo anch'io.

"Questo sì che è un vestito," disse. "Anche se è la donna che lo indossa a renderlo speciale."

Gli risposi con un sorriso, scaldata dal complimento. "Anche a me piace un sacco. Di solito non mi vesto così elegante, ma potrei farci l'abitudine."

"Mi starebbe più che bene." Si appoggiò alla ringhiera accanto a me, con sguardo indagatore. "Aaron mi ha detto che ti avrei trovata qui fuori, da sola."

Solo per un attimo, la mia rabbia nei suoi confronti si riaccese. "Lo sai che non devi preoccuparti se sto da sola per qualche minuto, vero? Perché sto benissimo. Mi sto solo godendo il panorama."

Nate alzò le mani. "Non è per quello che sono qui, lo giuro. Non ti stavo cercando perché ero preoccupato. È che…" Chinò la testa. La luce del sole brillò sui suoi folti capelli castani. Era così alto e possente che ancora mi stupiva quanto fosse dolce.

"Dopo quello che mi hai detto l'altro giorno, quando i ribelli ci hanno attaccato, ho capito che c'è una cosa che dovrei dirti," disse dopo una piccola pausa, strofinandosi la nuca. "Non *giustifica* il mio comportamento, ma credo che lo spieghi un po'. E… è una parte importante di me. Vorrei che mi conoscessi davvero."

Il calore che avevo sentito poco prima s'irradiò in tutto il mio corpo. Feci un passo avanti, toccandogli il gomito. "Lo vorrei tanto anch'io. Scusa se sono stata brusca."

"Tranquilla, lo capisco." Il suo sorriso si fece torvo. Mi prese una mano, accarezzandomi le nocche con il pollice. Quel contatto mi provocò un brivido lungo il braccio.

"Sai che la tragedia di tua madre e dei precedenti alfa si è consumata quando eravamo molto giovani," iniziò. "Voglio dire, io ero il più grande, e avevo solo dodici anni. C'era molta incertezza, perché non sapevamo dove foste tu e tua madre, o cosa sarebbe successo al nostro solito stile di vita…"

"Sì," dissi con un filo di voce. "Dev'essere stata dura, avere tutta la responsabilità senza un futuro chiaro."

Annuì. "Ho avuto un'ottima guida da parte dei miei consiglieri. Io e i miei simili… siamo sparpagliati in piccoli gruppi perché non apparteniamo a nessuna delle famiglie maggiori, ma forse proprio per questo non siamo mai stati molto competitivi. Per lo più ci va bene che sia qualcun altro a guidarci e che ognuno si faccia gli affari propri. Perciò non ho mai subito le stesse pressioni degli altri per rimanere alfa. Ma non sono mai stato neanche così sicuro di cosa dovessi fare."

"Certo. È logico."

"Beh… quando avevo diciassette anni e ho cominciato a svolgere più compiti da alfa da solo, ho conosciuto un altro mutaforma orso la cui famiglia lavorava nella tenuta. Andavamo d'accordo, con lei potevo rilassarmi – quando avevo il tempo di essere me stesso. Era qualcuno con cui potevo parlare delle decisioni che dovevo prendere."

Un brivido corse lungo la mia schiena a quel 'lei'. Il senso del legame tra noi mi scosse. "E poi?" Chiesi, riuscendo a mantenere la voce ferma. Sapevo che probabilmente non tutti gli alfa mi avevano aspettato, fisicamente o spiritualmente. Ma non ero neanche sicura di voler conoscere le loro storie passate.

Nate esitò. Sicuramente sapeva quanto fosse difficile per me anche solo pensarlo con un'altra. "Per qualche anno, siamo stati solo amici. Poi, dopo un po', mi sono reso conto che mi stavo innamorando di lei. E lei ammise di provare la stessa cosa. Avevo sempre pensato che avrei voluto aspettare il drago con cui ero destinato a stare, e…"

Le lacrime cominciarono a riempirmi gli occhi prima ancora che l'emozione mi colpisse. Trattenni il fiato. Il pensiero di Nate – il *mio* compagno – che sceglieva qualcun altro… mi dilaniò.

West mi aveva già detto che avrebbe potuto rinunciare al nostro legame, ma l'aveva solo insinuato. L'idea di quella donna che mi strappava Nate, invece, era insopportabile. Non mi aspettavo potesse fare tanto male.

"Ren!" Mi cinse il viso con le mani, avvicinandosi a me. Chiusi gli occhi per scacciare le lacrime. "Mi dispiace," sussurrò con voce incrinata. "Sono *qui*. Non ti avrei detto queste cose se non avessi pensato che ci servivano per andare avanti. Sono stato tentato, ed ero insicuro, ma alla fine ho scelto te. Ho smesso di vederla, *non* la vedo da sette anni. Sapevo che non importava quanto sembrasse giusto stare con lei, perché stare con te sarebbe stato ancora più giusto."

Inspirai profondamente, cercando di controllare la mia reazione. "Non sono arrabbiata," riuscii a dire. "Non di proposito, almeno. È solo che... le emozioni mi hanno assalita–"

"Lo so. Non riesco neanche a immaginare come mi sentirei se *tu* parlassi di volerci lasciare per qualcun altro." Mi accarezzò i capelli e mi baciò la fronte. Mi abbandonai a lui, assorbendo il suo tepore e la forza delle sue braccia che mi stringevano.

"Il motivo per cui volevo dirtelo," continuò, "è per dimostrarti che sei sempre stata la mia priorità. Anche quando ancora non ti conoscevo, e avevo una tentazione davanti. Sono felice da impazzire di averti finalmente trovata, che... avevo troppa paura di perderti prima ancora di poter stare davvero insieme. Ho lasciato che il terrore mi rendesse iperprotettivo. Io *so* quanto sei forte. *So* che c'è più potere in te che in ognuno di noi. Devo fidarmi di questo, senza permettere alle mie paure di mettersi in mezzo."

Lo abbracciai a mia volta, appoggiando la testa sulla sua spalla. "Grazie," gli dissi. "Capisco perché ti sei sentito così. Ma se davvero *cercherai* di mantenere la parola..."

"Lo farò. Non posso prometterti che non cederò mai più all'istinto di lanciarmi davanti a te per difenderti, ma farò del mio meglio. E se dovessi sbagliare e tu mi chiederai di fare un passo indietro, ti ascolterò. Quindi sentiti libera di dirmene quattro."

Mi scappò una risatina mentre mi asciugavo le lacrime. Le sensazioni che mi avevano sconvolta erano sparite, lasciando solo una punta di dolore. Il dolore per Nate e per gli anni che aveva passato da solo, pur sapendo che avrebbe potuto conoscere l'amore.

Sollevai la testa e gli sfiorai la guancia. Lui sorrise, con tanto affetto nei suoi profondi occhi castani che non potevo dubitare neanche per un secondo che sentisse di aver fatto la scelta giusta. Mi alzai sulla punta dei piedi per stampargli un bacio sulle labbra.

Ricambiò, all'inizio con dolcezza, poi con avidità. Le sue mani scivolarono sulla pelle nuda della mia schiena, poi sul tessuto satinato che mi stringeva i fianchi. Un dolore acuto s'insinuò tra le mie gambe. Non avrei mai immaginato che fosse possibile desiderare così tanto un uomo – figuriamoci quattro. Ma era così, Dio mi aiuti.

Il rumore della porta che si apriva interruppe quei pensieri. Il mutaforma airone che avevo visto quella mattina uscì sul terrazzo, schiarendosi la gola. Mi staccai da Nate senza neanche arrossire. Dopo la 'quasi orgia' a cui avevo assistito nel cortile la notte prima, era difficile pensare che un piccolo bacio provocasse imbarazzo.

"Il mutaforma drago e l'alfa sono richiesti in sala da pranzo," annunciò il giovane, chinando il capo in segno di rispetto.

"Arriviamo subito," rispose Nate. Mi prese la mano e si spinse via dalla ringhiera. Camminammo mano nella mano verso la porta, non con lui davanti, ma fianco a fianco.

Pensai che quel momento sarebbe stato perfetto, se non fosse stato per la cena che ci attendeva. Non sarebbe stata affatto divertente.

17

Ren

Quando entrai nella sala da pranzo, all'inizio non potei far altro che spalancare la bocca per lo stupore. La stanza era così grande che poteva contenere un campo da football. Lunghi tavoli da venti persone ciascuno erano disposti in file sul pavimento in legno. Un altro tavolo, coperto da una tovaglia di seta rossa, si trovava su una pedana a un'estremità della stanza. Cinque delle sedie ai suoi lati erano ornate con delle incisioni, e quella al centro era più alta e più elaborata.

Non c'era bisogno che mi dicessero che quella era la sedia del drago.

Il mio cuore iniziò a battere all'impazzata. Altri mutaforma stavano già gironzolando per la stanza, chiacchierando e salutando i nuovi arrivati. Sentii gli occhi di tutti addosso a me mentre io e Nate ci avvicinavamo al tavolo alto. Avevo già parlato con molti di loro alla festa di benvenuto, ma quell'occasione sembrava diversa: dovevamo occuparci di questioni più serie.

Aaron si avvicinò per salutarci. Come Nate, indossava un completo elegante per l'occasione: un abito blu royal che faceva risaltare ancora di più i suoi occhi azzurri. Wow, ero stata davvero fortunata con i compagni che mi erano capitati.

In piedi accanto ad Aaron c'era una donna. Sembrava qualche anno più giovane di lui, aveva i suoi stessi capelli biondo oro e gli stessi luminosi occhi blu. Mi studiava con un'espressione non del tutto fredda, ma neanche così accogliente. Indossava un abito in stile greco di seta grigia, ma dal suo portamento capii che non era il suo solito abbigliamento.

Aveva le braccia muscolose incrociate sul petto tonico. Giusto. Aaron aveva detto che avrei conosciuto sua sorella – quella che si era autonominata sua guardia del corpo. Aveva decisamente l'aspetto adatto.

"Serenity," disse Aaron, facendomi cenno di avvicinarmi. "Lei è mia sorella, Alice. Alice, lei è la mia compagna, Serenity."

"Mmm," fece Alice. Allungò la mano perché potessi stringerla, poi stritolò forte la mia, scuotendomi il braccio. "Allora sei tu quella che ha fatto girare tutto il Paese al mio fratellone. Sono felice che siate finalmente tornati."

La sua voce era così inespressiva che pensai fosse ironica, ma poi curvò le labbra in un sorriso allegro e caloroso. Mi rilassai un po'.

"Il viaggio per arrivare qui è stato lungo," risposi. "Ma

ho fatto in modo che tornasse tutto intero, anche se qualche ribelle avrebbe voluto diversamente."

Il suo sorriso si trasformò in una smorfia. "Questo devo riconoscertelo. E forse è un bene che qualcuno lo trascini fuori dalla biblioteca, di tanto in tanto."

Aaron le lanciò un'occhiata malefica. "Più tempo passo lontano dai libri, più ti lamenti dei pericoli in cui potrei cacciarmi."

"Solo quando non mi porti con te." Gli diede una pacca affettuosa sulla spalla e mi scoccò un altro sorriso. Okay, mi piaceva quella ragazza.

Aaron mi accompagnò alla mia sedia, come se avessi bisogno di aiuto per trovarla. Immaginai che i nostri spettatori andassero pazzi per le formalità. E non mi dispiacque la rassicurante stretta sulla spalla che mi diede prendendo posto accanto a me.

Ero particolarmente felice che lui e Nate fossero stati i primi ad arrivare, perché così si sarebbero seduti entrambi ai miei lati. Non ero ancora sicura di cosa dire a Marco o a West, entrambi mi avevano evitata tutto il giorno.

Marco si presentò per primo, avanzando lentamente verso il posto di Nate con la solita espressione spensierata. Quando i nostri sguardi s'incrociarono per un secondo, i suoi occhi erano pieni d'indifferenza. Distolsi lo sguardo con un nodo in gola. In quel momento, non volevo pensare né alla nostra ultima conversazione né alle rivelazioni che aveva portato.

West arrivò qualche minuto dopo. Camminò verso la sua sedia senza degnarmi di una parola o di uno sguardo, poi si sedette bruscamente.

Alice, che era seduta accanto a lui, si chinò in avanti

per guardarmi con un sopracciglio inarcato. Okay, quindi quella freddezza non era frutto della mia immaginazione. Era arrabbiato perché si pentiva di essersi lasciato andare alla passione, la notte prima? O c'era qualcos'altro in quell'imperscrutabile testa di lupo?

I posti di fronte a noi iniziarono a riempirsi. Aaron mi presentò tutti, a uno a uno: Hubert e Isla Cumberland, Frankford e Tracy Porter, e così via. Cercai di cogliere i loro odori, indovinando il loro animale aiutandomi con l'istinto e la loro corporatura. Hubert e Isla erano cigni, Frankford e Tracy falconi. Tra le coppie accanto a loro c'erano falchi, pellicani e perfino due oche. Dovetti sforzarmi di non ridere mentre immaginavo le pance rotonde e i colli allungati dei loro corpi di uccelli.

"Bene," disse Hubert ad Aaron dopo avermi fatto un cenno di saluto. "Spero che l'arrivo del mutaforma drago significhi che la comunità potrà finalmente tornare all'ordine, d'ora in poi."

Tracy lasciò andare un sospiro amaro. "Sono stati anni stressanti."

Sono certa che il vostro alfa abbia fatto del suo meglio, volevo dire, ma mi morsi la lingua. Aaron non sembrava offeso, e probabilmente sarebbe stato più saggio fare una buona impressione.

"Ho già notato un cambio di tono nelle conversazioni," rispose Aaron serenamente. "Vedere i quattro alfa uniti intorno a Serenity dà a tutti la stabilità di cui avevamo bisogno."

Frankford mi scrutò da sopra il naso aquilino. "E questa è la ragazza che abbiamo aspettato per tutto questo tempo."

Non sembrava impressionato. Si aspettava che mi presentassi a tavola come drago? "Proprio io," dissi, cercando di nascondere il mio disagio.

I camerieri iniziarono a servire i piatti. Oh, bene, almeno avrei avuto qualcosa di più normale da fare con le mani e con la bocca. Afferrai la forchetta e la conficcai nella bistecca… poi mi resi conto che dall'altro lato del tavolo mi stavano fissando tutti.

Mi si irrigidirono le spalle. Nate si chinò verso me e sussurrò dolcemente al mio orecchio. "Alle cene formali, è tradizione che noi cinque diamo la precedenza a tutti gli altri, per iniziare a mangiare. Diciamo che è una cosa simbolica."

"Oh." Mi feci tutta rossa. Posai la forchetta come se mi avesse ustionata. Perfetto, avevo già fatto la figura della stupida davanti a tutti quei pezzi grossi. Negli ultimi sette anni, vissuti per lo più per strada, aspettare per mangiare significava che qualcun altro ti avrebbe rubato il cibo dal piatto. Avevo proprio bisogno di lavorare sulle mie abitudini.

"Scusa," mormorò Aaron. "Dovevo avvisarti prima."

Avrei dovuto aspettare e seguire il loro esempio. E West mi aveva forse lanciato un'occhiataccia? Ottimo, gli avevo dato un motivo in più per pensare che non fossi degna di quel ruolo.

Tenni le mani giunte in grembo finché i camerieri non ebbero finito di distribuire i piatti. In tutta la sala, gli ospiti iniziarono a mangiare. Quando i miei alfa presero in mano le posate, pensai che potessi cominciare anch'io.

Il cibo era incredibilmente delizioso. Non che mi aspettassi qualcosa di diverso, dopo aver passato una giornata in quel posto. Mandai giù ogni boccone estasiata, lasciando che la consistenza ricca e tenera della bistecca avesse la meglio sul mio imbarazzo.

Ma non fu abbastanza per tenere Isla occupata. Puntò la sua forchetta verso Aaron. "Appena possibile, devi fare qualcosa per quel gruppo di felini che se ne va in giro nell'area forestale di Southend."

"Ne stavo proprio discutendo con il loro alfa," replicò Aaron con lo stesso tono pacato di prima. Si voltò verso Marco, che rispose con un sorriso tirato. "La foresta è grande. Siamo tutti a corto di spazio dove liberare in privato le nostre nature animali. Penso che possiamo dividerlo in maniera equa."

Mi accigliai. "Perché *dividerlo*? I gatti usano per lo più il terreno e gli uccelli le tettoie, no? Non potete condividere tutto lo spazio senza troppi problemi?"

Isla serrò le labbra con un'espressione disgustata. Suo marito si schiarì la gola. "Ci sono dei confini da rispettare," spiegò, lanciando un'occhiata ad Aaron come per accusarlo di avermi informata male. "E per una buona ragione. I felini hanno da sempre la brutta abitudine d'infastidire i volatili. Decenni fa hanno accettato di non invadere i nostri spazi."

Quindi era un conflitto alla Titti e Silvestro? Se non fosse stato per tutti quegli sguardi contrariati, avrei riso. Maledizione, avevo fatto un'altra figuraccia.

"Oh," mormorai. "Okay, non ne sapevo nulla."

Era *compassione* quella sui loro volti? Mi venne il prurito. Diamine, avevo avuto solo due settimane per prepararmi a quello spettacolino, e le avevo passate quasi tutte a cercare di tenere me e i miei compagni *in vita*. Non potevano darmi un po' di tregua?

Forse avrei dovuto semplicemente stare zitta. Sembrava essere l'unico modo per non apparire come una completa idiota.

La conversazione si spostò su un evento che i Cumberland volevano organizzare per il loro gruppo di simili, poi su un paio di questioni commerciali che non riuscii a seguire. Ripulii il mio piatto, sazia ma decisamente con ancora spazio per il dessert. Starmene lì, seduta ad ascoltare discorsi che non mi competevano, mi rendeva inquieta. Come potevo essere una compagna adeguata per qualunque alfa se tutti i mutaforma presenti in sala potevano vedere quanto fossi ignorante?

Poi Frankford iniziò a inveire contro gli umani. "Avremmo dovuto comprare quel pezzo di terra quando potevamo. Ora ci ritroviamo quelle persone praticamente dietro l'angolo, a fare le loro stupide supposizioni umane, offrire i loro stupidi consigli umani… Così miserabilmente inconsapevoli."

"Ma riesci a immaginare il caos che si scatenerebbe se sapessero?" Cinguettò Tracy. "Quelle povere creature non riuscirebbero a capacitarsi del potere che abbiamo."

Non potevo più starmene in silenzio. "Non tutti gli umani sono degli idioti," ribattei. "La mia migliore amica è rimasta sempre al mio fianco, in qualsiasi situazione."

Isla mi lanciò un'altra occhiata carica di pena. "Ma lo farebbe ancora se scoprisse cosa sei? Non credo proprio."

Un guizzo di rabbia mi pizzicò il petto. "Beh, ti sbagli. Perché già lo sa, e non è cambiato nulla."

Se fino a un attimo prima sembravano inorriditi, ora

erano del tutto sconvolti. Isla impallidì, la bocca di Hubert si contorse in una smorfia.

"Ti sei rivelata a un'*umana*?" Sbraitò Tracy.

Aaron sollevò le mani invitando alla calma. "Ci sono state circostanze attenuanti," chiarì. "Abbiamo preso una decisione, e ha giocato in nostro favore. L'amica di Serenity si è rivelata un'alleata preziosa."

"Rivelare non solo gli affari dei mutaforma, ma quelli dei nostri alfa…" Frankford scosse la testa.

Strinsi i denti, ma non bastò a contenere la mia frustrazione.

"Ehi," sbottai bruscamente. "Sono io il drago qui, e sono l'unico che avete. Se non posso decidere *io* chi può sapere cosa, chi altro sarebbe qualificato per farlo, esattamente?"

Qualcuno borbottò qualcosa, a voce troppo bassa perché potessi capire tutto, ma sentii abbastanza. "È stata lontana dalla sua specie per troppo tempo…"

Serrai i pugni sotto il tavolo. "Qualcuno qui ha bisogno di una dimostrazione?" Chiesi alzando la voce. "Per essere sicuri che io sia un drago abbastanza forte per voi? Potrei far crollare il soffitto. Potrei dare questo posto alle fiamme. So trasformarmi. Gli altri dettagli li sto imparando più in fretta che posso." Presi la mano di Aaron nella mia e le portai entrambe sul tavolo, in mezzo a noi. Lui ricambiò stringendola, con l'accenno di un sorriso sul volto.

"E non vorrei avere nessun altro al mio fianco se non il vostro alfa, mentre imparo," aggiunsi. "Mi è stato accanto quando avevo bisogno d'aiuto, e io lo seguirò ovunque gli serva che vada. Ovunque serva a tutti voi, per mantenere forte la comunità. Perciò apprezzerei se mi deste un po' di fiducia."

Per un momento, il tavolo piombò nel silenzio. I mutaforma di fronte a noi abbassarono gli sguardi. Dannazione, mi ero messa di nuovo in imbarazzo?

Prima che potessi commettere altri errori, arrivò il dessert. Porzioni di cheesecake alla fragola perfette per affogare le mie pene. Tenni la bocca chiusa, osservando e ascoltando.

Quando la cena finì, Aaron si alzò tirandomi su con sé.

"È un onore per me essere qui dinanzi a voi con gli altri alfa e, naturalmente, con la mia nuova compagna," annunciò al pubblico, alzando la voce per farsi sentire in tutta la sala. "Grazie a tutti per l'accoglienza che avete riservato a Serenity. Non troverete sostenitrice più devota o combattente più tenace per il nostro popolo."

Le mie guance avvamparono. Disse qualche altra cosa su quanto fossi fantastica, e io feci un cenno con la mano alla folla, ma dentro mi sentivo instabile.

I saluti terminarono in un attimo, poi Aaron mi riaccompagnò alla mia camera da letto. Lo feci entrare e collassai a faccia in giù sul letto con un lamento.

"Non dovevi riempirmi di complimenti in quel modo. Mi dispiace tanto, non sono riuscita a tenere a freno la lingua. Non parlerò mai più."

Aaron ridacchiò. "Di cosa stai parlando? Sei stata *grandiosa*."

Mi voltai a guardarlo con le sopracciglia inarcate. "*Tu* di cosa stai parlando? Mi sono resa ridicola almeno cinque volte."

"Niente affatto." Si sedette accanto a me sul letto,

sorridendo. "Hai dimostrato che sei pronta a rispettare le nostre tradizioni, quando le conosci. Che sei disposta a prendere in considerazione nuove informazioni, che sei devota alle persone a cui tieni. E in più mi hai giurato la tua lealtà. Non avrei potuto chiedere di meglio."

Era serio? Sembrava che pensasse davvero quello che diceva. Non riuscivo a crederci, ma il peso sul mio cuore si alleggerì un po'.

Mi tirai su per baciarlo. Lui ricambiò infilando le dita tra i miei capelli. Volevo incanalare tutto l'amore e la gratitudine che provavo nell'incontro delle nostre labbra.

La mia mano cadde sulla sua coscia, e mentre mi stringevo a lui per infuocare quel bacio, il mio palmo scivolò. Sfiorai con il pollice la virilità già dura sotto i suoi pantaloni eleganti.

Aaron gemette di piacere, e un'ondata di passione m'investì. All'improvviso, sapevo esattamente cosa volevo fare con quell'uomo meraviglioso e affascinante.

Tracciai una scia di baci lungo i bordi del suo viso e gli aprii la cerniera. Quando strattonai i pantaloni, lasciò che glieli abbassassi, guardandomi con gli occhi annebbiati dalla lussuria. Vederlo così non fece altro che alimentare il fuoco dentro di me.

"Non ti muovere," mormorai, inginocchiandomi di fronte a lui.

Leccai la punta del suo sesso, facendolo ansimare. Poi afferrai la base della sua erezione, e i suoi fianchi si inclinarono verso di me automaticamente. "Serenity," iniziò, come per dirmi che non c'era bisogno che lo facessi – ma io lo sapevo già. Morivo dalla voglia di farlo, sia per lui che per me.

L'uomo che avevo davanti dominava un quarto dei mutaforma esistenti, con una grande pazienza e dei modi esemplari. Ma io avevo il potere di fargli perdere il controllo con un semplice tocco. E c'erano parti di lui che non avevo ancora pienamente rivendicato.

Inclinai la testa, prendendolo finalmente in bocca. Il suo sapore, ancora più salato dell'aria dell'oceano, mi pizzicò la lingua. La feci ruotare intorno alla sua lunghezza, adorando il modo in cui pulsava a ogni mio movimento. Si appoggiò all'indietro sul letto, stringendo forte le coperte. Il suo respiro era già affannoso.

Iniziai a muovere la mano su e giù, aumentando gradualmente la velocità mentre lo succhiavo e lo lasciavo andare. Ancora e ancora, finché non iniziò a tremare e il suo respiro si fece spezzato. Chiusi le labbra ancora più forte intorno a lui, e un altro gemito risuonò nell'aria.

"Serenity," disse. "Sto per venire. Se continui così..."

Ottimo. Era esattamente quello che volevo. Il formicolio tra le mie gambe cresceva a dismisura mentre facevo scivolare le mie labbra su e giù su di lui. Il suo sesso pulsò di nuovo. Ormai gli mancava il fiato, poi i suoi fianchi si inarcarono mentre il suo seme si riversava nella mia bocca.

"Serenity," mormorò. "Serenity." Mi accarezzò i capelli, e solo per un attimo, nient'altro ebbe importanza – né i tradimenti né le bugie, e neanche i complotti dei ribelli e delle fate. Non c'era una sola cosa al mondo che potesse abbattermi.

18

Marco

Era difficile dire quale fosse stato il momento più terribile della mia vita, ma di certo era avvenuto in quelle ultime ventiquattr'ore. Forse in cima alla lista avrei potuto mettere il dolore e la rabbia nella voce della mia principessa, quando mi aveva accusato di trattarla come un giocattolo per gatti. O forse quei secondi di attesa alle otto del mattino, mentre bussavo alla sua porta chiedendomi se avrebbe risposto.

Sentii un dolce suono di passi che calpestavano il tappeto della stanza. La mia schiena s'irrigidì. Ren aprì la porta.

Sì, fu proprio quello il momento più brutto della mia vita: vedere la mia principessa indietreggiare alla mia vista, con la ferita che le avevo inferto ancora visibile nei suoi occhi. Mi lacerò dal cuore alle viscere, come una lama ardente e affilata che senza ombra di dubbio meritavo.

Perché diavolo non avevo tenuto la bocca chiusa per una volta nella mia vita? Perché avevo lasciato che quegli idioti dei miei simili m'irritassero tanto?

Come avevo potuto permettere a me stesso di pensare anche solo lontanamente alla mia compagna come un mezzo per raggiungere uno scopo? Sapevo che *lei* meritava di meglio. Potevo darle di meglio, se mi avesse dato un'altra occasione.

Ma non avevo intenzione di prostrarmi ai suoi piedi e implorare. Era colpa mia se stavo soffrendo, e dovevo pagarne le conseguenze da solo. Sarei stato ancora più idiota se avessi cercato di far ricadere la colpa anche su di lei. Di certo non doveva confortarmi per il mio epico disastro.

"Principessa," la salutai chinando il capo. "Posso entrare?"

Lei esitò, e quello fu abbastanza per uccidermi. Neanche una settimana prima avevo assaggiato i suoi angoli più intimi, e ora non era nemmeno sicura di volermi nella stessa stanza. Sarebbe stata un'ardua e lenta risalita.

Ma, per lei, ne valeva la pena. Dovevo solo convincerla di quanto ci credessi.

Forzai un sorriso ironico. "Posso porgerti le mie scuse qui nel corridoio, se preferisci. Ma ti prometto che non ti porterò via molto tempo."

"No," disse lei. "Va bene, entra pure."

Doveva essere in piedi già da un po'; sentivo l'odore del sapone mescolato con il dolce profumo della sua pelle appena lavata. Aveva indossato un altro vestito: era rosa antico e di seta, più semplice di quello che aveva indossato per la cena formale, ma non meno regale. Aderiva alle sue morbide curve in un modo che scatenò un'ondata di desiderio in tutto il mio corpo.

Immaginai che non l'avesse scelto per la colazione con i suoi compagni, però. Quella era la sua armatura per l'incontro con la regina delle fate.

"Farai vergognare la regina," dissi indicando il vestito.

Ren passò le mani sul tessuto liscio e per un istante sembrò impacciata. Poi tornò ad assumere una posa più dritta. "Voglio solo che sappia che ha a che fare con un tipo di monarca diverso," rispose. "Di cosa volevi parlarmi?"

Come se non lo sapesse. Era difficile sostenere il suo sguardo mentre cercavo di mettere insieme le parole, ma non volevo dare l'impressione di sottrarmi alle mie responsabilità. "Come ho detto, devo scusarmi," iniziai. "Hai tutte le ragioni per essere arrabbiata con me. Non avrei mai dovuto parlare di te in quel modo, con nessuno. Non so dirti quanto me ne pento, e odio ancora di più che tu abbia dovuto sentirlo."

"Allora *perché* hai detto quelle cose?" Chiese, incrociando le braccia sul petto.

Dio, come avrei potuto spiegarlo? Le parole avevano un sapore amaro mentre le pronunciavo. "Ho scoperto di dover mostrare una sorta di... fiducia in me stesso, quando parlo con i miei simili. Specialmente con quelli che potrebbero puntare alla mia posizione di alfa. Se pensano che nulla mi tocchi, non troveranno punti deboli da sfruttare. Ma non avrei dovuto lasciare che questo coinvolgesse anche te. Ti devo molto più rispetto di così."

I suoi occhi non smisero di studiarmi per un attimo, senza rivelare alcuna emozione. "Me lo devi, eh?" Chiese. "Quindi mi stai dicendo che nulla di quello che hai detto rispecchia i tuoi veri sentimenti, neanche un po'?"

Non potevo mentirle. Mi avrebbe smascherato con il suo intuito da drago, e mi sarei scavato solo una fossa più grande.

"Ero serio su quello che ti ho detto nella grotta, principessa," dissi. "Ci tengo a te. Voglio passare la mia vita con te, ma non posso fingere di non sapere che la mia posizione sarebbe più stabile, se suggellassimo il nostro legame. Forse ho esagerato, e mi dispiace tanto per questo."

Avrei potuto dirle molto di più per provare a spiegarmi, ma anch'io conoscevo lei. E con l'alta società dei volatili che la criticava e l'incontro con le fate alle porte, chiaramente non era in vena di scuse.

Non ero degno di essere perdonato, comunque. Avevo rovinato tutto, ne ero consapevole. Quello che era successo non aveva più importanza, contava solo quello che avrei fatto da quel momento in poi.

"Capisco che ci vorrà del tempo perché ti convinca a fidarti di nuovo di me," aggiunsi. "Ma lo farò, dovessi metterci una vita. Forse a volte parlo un po' troppo, ma non do la mia parola con leggerezza. Ti prometto che riguadagnerò la tua fiducia in modo onesto."

Ren annuì, ma non riuscii a capire se avesse accettato la promessa o se stesse solo cercando di liquidarmi. "Grazie per le scuse," rispose con prudenza. "Immagino che dovremo vedere come va. Avrò bisogno di un po' di spazio per pensare."

Naturalmente. Quando eravamo vicini, il nostro legame continuava a spingerci l'uno verso l'altra. Almeno di questo potevo essere grato.

Chinai la testa. "Ci vediamo alla gita nel regno delle fate, allora."

Non disse un'altra parola mentre mi accompagnava all'uscita. La porta si chiuse alle mie spalle, e il peso sul mio cuore non si era alleviato per niente.

Ren

Un caos di domande e preoccupazioni sull'imminente incontro vorticava nella mia mente, quindi non avevo il tempo di decidere come mi sentissi riguardo alle scuse di Marco. Riuscivo a malapena a concentrarmi su dove stavo andando.

Seguii l'odore di uova e salsicce lungo il corridoio, fino alla sala da pranzo privata. Avevo lo stomaco chiuso per l'ansia, ma sicuramente avrei avuto bisogno di energie per affrontare la regina delle fate.

Come avrebbe reagito quando le avrei detto quello che la sua gente aveva fatto? Come avrei reagito *io* se avesse cercato d'ignorarlo o negarlo? I sudditi di Aaron sarebbero rimasti davvero *delusi* se avessi portato i mutaforma sull'orlo di una guerra soprannaturale. E tutto questo neanche un mese dopo aver rivendicato il mio ruolo di drago.

Una donna dal distinto odore di gufo uscì dalla sala da pranzo e si diresse verso di me. Notai vagamente il vassoio che teneva tra le mani – forse stava servendo o portando via il cibo – e i guanti sottili che indossava. Faceva più freddo quel giorno? Poi tornai a rimuginare sulla giornata che mi aspettava.

Non le stavo prestando alcuna attenzione quando lasciò cadere il vassoio e si scagliò verso di me con un coltello da intaglio, puntando al mio stomaco.

I miei riflessi da mutaforma si attivarono prima ancora che realizzassi di essere sotto attacco. Balzai di lato e contemporaneamente sferrai il braccio per colpirla. Il coltello riuscì solo a graffiarmi la pancia.

La donna lanciò un piccolo urlo e si avventò ancora una volta su di me. Le afferrai il polso prima che potesse attaccarmi di nuovo. Le squame mi incresparono la pelle mentre iniziavo a trasformarmi per difendermi. Mi stagliai su di lei con i fianchi in espansione, gli artigli che si allungavano e il fuoco che mi lambiva la gola.

"Ren!" Sentii Nate gridare dietro di me.

In quel momento, un'altra distrazione era l'ultima cosa che mi serviva. "Sta' indietro," urlai, quasi senza voce per la trasformazione. "Me ne occupo io."

La donna si contorse nella mia stretta. Mi sferrò un calcio sul fianco, ma il colpo rimbalzò sulla pelle spessa e squamosa che si era formata in quel punto. Con la mano libera mi colpì gli occhi. Mi scostai di scatto, perdendo la presa sul suo polso. Lei si liberò e mi diede un'altra coltellata.

La feci cadere a terra con un ringhio, ma il coltello mi tagliò la spalla. Lo colpii con la mano artigliata, facendolo sbattere contro il muro. La donna mi fissò con gli occhi sbarrati da quello che ormai sembrava panico. Le bloccai entrambe le braccia sul pavimento, guardandola mentre riprendevo fiato.

Improvvisamente capii il perché dei guanti: stava nascondendo la mancanza del marchio di famiglia.

L'avevo in pugno. Ero riuscita a fermarla e non poteva più farla franca. Non sapevo quanto potesse essere utile, ma finalmente potevamo parlare con una ribelle.

I passi di Nate risuonarono alle mie spalle. Era rimasto indietro come gli avevo chiesto. Gli scoccai un rapido sorriso fiero da sopra la spalla. "Grazie. Che ne dici di scoprire cosa sa?"

"Puoi farcela da sola," rispose venendo al mio fianco. "Fammi sapere se hai bisogno di me."

Ma ora che avevo catturato la donna, non ero sicura di cosa dirle. "Perché mi hai attaccata?" Le chiesi rivolgendole di nuovo il mio sguardo. "Sei sola o ci sono altri ribelli qui con te?"

"Non ti dirò un bel niente," replicò ansimando, poi serrò le labbra in una linea netta.

"Fai parte del gruppo che ha attaccato mia madre? Che ha ucciso i miei padri e le mie sorelle? Come hai fatto a entrare nella tenuta?"

Mi guardò senza dire una parola. La frustrazione mi ribolliva dentro e il calore si addensava nella mia gola. La mia mente tornò alle parole che avevo sentito quando avevo assorbito la fiamma del cristallo, sulla montagna.

Brucia per smascherare le bugie e arrivare a ciò che è reale.

L'impulso di sputare fuoco mi pizzicava la laringe. Potevo farlo. Potevo trasformarmi del tutto e riversare il mio respiro infuocato su quella donna. Ma non avevo mai provato quel nuovo potere. E se lo avessi usato male, finendo per bruciarla viva?

Avevo già fatto del male prima, per legittima difesa. Ma quella ribelle era già al tappeto, e darle fuoco… non sarebbe stato per difendermi, ma per torturarla. Ogni singola parte di me si ribellò a quel pensiero.

Non era così che volevo iniziare il mio dominio sui mutaforma. Erano i ribelli i cattivi, non io.

"Serenity?" Aaron uscì dalla sala da pranzo, irrigidendosi alla vista della scena nel corridoio. La nota roca nella sua voce si fece più aspra. "Cos'è successo?"

"Mi ha attaccata con un coltello. Sembra uguale a quelli della cucina," dissi. "Ma si rifiuta di parlare."

Come si faceva a far parlare qualcuno *senza* ricorrere alla tortura? Scrutai nei suoi occhi cercando una risposta. La ribelle sbatté le palpebre, e una strana sensazione mi assalì.

Il modo in cui mi stava guardando… non era rabbia. Non era neanche più del tutto paura.

Era ammirazione nei miei confronti – la sentivo come una ventata d'aria calda. Ma c'era di più: provava un sincero rammarico. Misi insieme i pezzi nella mia mente.

"Non volevi farlo davvero, non è così?" Chiesi con voce più gentile.

La donna si lasciò andare a una smorfia, e un velo di tristezza si calò sul suo viso. Avevo fatto centro.

Sentii la porta all'estremità del corridoio aprirsi, ma non mi voltai a guardare chi stesse arrivando. Tutta la mia attenzione rimase concentrata sulla ribelle.

"Ti hanno costretta ad aiutarli," dissi dolcemente. "Ti hanno minacciata? O è stato qualcuno a cui tenevi?"

La sua compostezza venne meno. Si lasciò sfuggire un piccolo singhiozzo e i suoi occhi si riempirono di lacrime.

Aaron s'inginocchiò accanto a me. "Giuro che non sarai punita per i crimini che ti hanno costretta a compiere. Ti do la mia parola di alfa." Mostrò il marchio del giuramento sul suo palmo. Sentii un'ondata del suo potere attraversarmi.

Doveva averlo sentito anche la ribelle, perché le lacrime iniziarono a rigarle il viso. "Hanno preso mio figlio, ha solo diciassette anni. Lui è tutto quello che ho. Se scoprono che ve l'ho detto…"

"Non succederà," disse Aaron con tono deciso.

"Noi li fermeremo e ci riprenderemo tuo figlio." Affermai, lanciando un'occhiata ad Aaron. Lui annuì in approvazione. "Dove sono i ribelli che l'hanno preso?"

"Non lo so," disse la mutaforma gufo con un filo di voce. "Abbiamo comunicato solo via messaggi, non li ho mai visti di persona."

"Stanno pianificando qualcos'altro? C'è qualcuno che lavora per loro nella tenuta?"

Scosse la testa. "Non lo so, mi hanno solo detto che se fossi riuscita a… Se avessi…" Sembrava non riuscire a pronunciare quelle parole.

"Se mi avessi uccisa," la aiutai.

"Sì. Allora mi avrebbero ridato mio figlio. È tutto quello che so."

Mi morsi il labbro. Volevo aiutarla. Volevo distruggere fino all'ultimo tutti i ribelli che avevano costretto una persona come lei a prendersi la colpa per i loro piani. Ma se quello era tutto ciò che sapevamo, non potevamo far nulla.

"Faremo tutto il possibile per te," iniziai. "Ma devi aiutarci. Cerca di scoprire tutto quello che puoi su di loro: dove sono, cos'altro stanno facendo, chi è coinvolto. Qualsiasi cosa possa servirci a rintracciarli. Non riveleremo che ti abbiamo scoperta. Puoi far finta che stai ancora aspettando la tua occasione, ma che vuoi fare di più per loro. Comportati come se avessi deciso di stare dalla loro parte, così si fideranno di te. Pensi di poterlo fare?"

"Farò qualunque cosa per riavere mio figlio." Trattenne il respiro. "Grazie per la vostra pietà."

Mi allontanai da lei, guardandola mentre mi rialzavo. Si mise seduta senza alcun movimento improvviso, senza tentare di attaccarmi di nuovo. L'indomani si sarebbe ritrovata con qualche livido sui polsi per via della mia stretta, ma non potevo farci nulla. Dall'espressione sul suo viso, non me ne avrebbe fatto una colpa.

"Farò in modo che tu possa farmi sapere, ovunque io sia, quando avrai delle novità," disse Aaron.

"E naturalmente terremo d'occhio la situazione personalmente," intervenne West con voce rabbiosa. Marco era in piedi proprio dietro di lui. Quale modo migliore per iniziare la giornata.

Aaron aiutò la mutaforma a rimettersi in piedi e la portò in disparte per continuare a parlarle. Sospirai, appoggiando la mano al muro.

La scarica di adrenalina stava scemando, lasciandomi

scossa. L'incantevole abito che avevo scelto nella speranza d'impressionare la regina delle fate era strappato sulle gambe, per colpa della trasformazione parziale. Il ventre mi pizzicava dove il coltello mi aveva sfiorata, e il taglio sulla spalla perdeva solo un po' di sangue, ma faceva ancora male.

Nate mi avvolse le spalle con un braccio. "Forza, torniamo in camera. Ti rimetteremo in sesto." Lanciò un rapido sguardo agli altri alfa. "Dite a uno dei camerieri di portarle un piatto."

West rispose con sguardo torvo, come infastidito dall'ordine, ma Marco lo accettò con un cenno del capo. "Certo." Poi guardò la ribelle e le sue labbra si curvarono in una smorfia. "Ma vi suggerisco di tenere la porta chiusa a chiave, finché non arriva il cibo."

19

Non appena io e Nate arrivammo alle mie stanze, le mie gambe cedettero. Barcollai fino al divano del salone e vi sprofondai.

Nate s'infilò nel bagno e tornò con una piccola cassetta d'argento che si rivelò essere un normalissimo kit di pronto soccorso.

Sobbalzai quando iniziò a cospargere le mie ferite con la crema antisettica. Stese una sottile benda adesiva sulla mia spalla e mi guardò la pancia.

"Mi sa che devo togliermelo," dissi portando le mani alle spalline dell'abito strappato. "Essere una mutaforma non è il massimo per il guardaroba."

Nate ridacchiò. "Per questo ci assicuriamo sempre di avere qualche ricambio a portata di mano."

Feci scivolare via il tessuto setoso dal mio corpo,

restando in intimo. Fu impossibile non notare l'ardore negli occhi di Nate mentre mi guardava. I miei slip si bagnarono completamente in risposta. Arrossii, allungando la mano per prendere l'altra benda.

Lasciò che me la mettessi da sola. Non mi sentivo ancora pronta ad alzarmi, così gli tesi una mano e lui si sedette accanto a me. Mi abbracciò, portando le mie gambe sul suo grembo e avvolgendomi le spalle con le braccia – delicatamente, per lasciarmi un po' di spazio per allontanarmi, se avessi voluto.

In realtà, lo volevo vicino. Mi accoccolai sul suo corpo massiccio, lasciando che il suo calore e la sua forza mi tranquillizzassero. Aprii la bocca per parlare senza neanche pensarci.

"Finirà mai tutto questo? I ribelli... mi lasceranno in pace, prima o poi? Non gli ho mai fatto *niente*... Non mi conoscono neanche!"

"Lo so," rispose Nate con voce bassa e rauca. Appoggiò il mento sulla mia testa e mi accarezzò il braccio. "Non riesco neanche a capire quello che hanno fatto sedici anni fa. Portarsi dietro tutto quell'odio, voler fare così tanto male alle persone... Sono malati, hanno una mente contorta. È l'unica spiegazione che riesco a darmi."

"Non si fermeranno. Andranno avanti finché non mi avranno uccisa, o finché non li uccideremo noi."

"Forse cambieranno idea quando ti conosceranno." Mi posò un bacio sulla fronte. "Stai già diventando parte della nostra comunità. La maggior parte dei mutaforma ti sta accogliendo. Te ne sei resa conto, no?"

Mi ricordai della freddezza delle persone al tavolo, la sera prima, ma la verità era che costituivano solo una piccola parte dei mutaforma, per quanto la più potente. Quasi tutti gli altri che avevo incontrato – i volatili lì e i canidi al villaggio – avevano una considerazione di me migliore della mia.

"Già," risposi. "Sono stati fantastici, in realtà. Non sono ancora certa di meritarlo."

"Certo che sì. Combattendo contro i ribelli – cosa che hai già fatto più di una volta – stai lottando per tutti noi. Per la sicurezza dell'intera comunità. E quello che hai appena fatto con quel gufo… Hai dimostrato di voler fare la cosa giusta per tutti i mutaforma, perfino i cattivi. Le persone se ne renderanno conto e inizierà a girare la voce. E chiunque non abbia una mente così contorta capirà di essersi sbagliato."

Non ero sicura di credere che fosse possibile, ma era comunque un bel pensiero.

Qualcuno bussò alla porta. Non potei fare a meno di trasalire. Nate mi diede una stretta rassicurante sul braccio e si alzò ad aprire. Tornò con un piatto fumante che mi fece brontolare lo stomaco.

Per qualche minuto, la conversazione passò in secondo piano di fronte alla mia fame. Mi avventai sulle uova, le salsicce e le frittelle di patate come se non mangiassi da giorni. Trasformarsi faceva venire una gran bella fame – o forse era l'adrenalina. In ogni caso, ripulii il piatto come se la mia vita dipendesse da quello.

"Va meglio?" Domandò Nate con un sorriso divertito.

"Molto." Misi via il piatto e mi accoccolai di nuovo accanto a lui, avvolgendo con un braccio il suo petto muscoloso. Avevamo ancora un paio d'ore prima dell'incontro, e stare abbracciata a lui era il miglior balsamo per i nervi che potessi desiderare, in quel momento.

Cos'aveva pensato del mio nascondermi in stanza il tizio che mi aveva servito la colazione? Quella domanda mi riportò ai commenti che stavamo facendo prima.

"Qui nessuno mi conosce ancora davvero," precisai. "Neanche le persone a cui piaccio. Stanno ancora aspettando di capire esattamente cos'ho intenzione di fare."

Nate annuì. "Forse, ma sono speranzosi. Vogliono essere al tuo fianco."

Era vero. Avevo avvertito la speranza in tutte le persone con cui avevo parlato alla festa. E più andavo avanti, più potevo dimostrargli che facevano bene a darmi fiducia.

Non erano solo i comuni mutaforma a credere in me. I miei alfa mi erano stati vicino dall'inizio, da quando ero ancora una completa estranea anche per loro. A prescindere da quanto fossero scettici.

E Nate non aveva mai tentennato, neanche una volta. Forse aveva esagerato con l'eroismo, ma non mi aveva mai dato modo di pensare che dubitasse di me.

Mi voltai a guardarlo e gli sfiorai la guancia. Non c'era bisogno che gli dicessi cosa volevo. Chinò la testa per catturare le mie labbra in un bacio dolce e passionale. Le sue mani scivolarono sul mio corpo, accarezzando ogni centimetro della mia pelle nuda. Infilai la mano sotto la sua camicia e lo baciai con più veemenza. Volevo sentirlo anch'io, esplorando ogni singolo muscolo del suo petto tonico.

Volevo renderlo davvero mio.

Quel pensiero mi balenò in mente nell'euforia del desiderio, ma non trovai nessun motivo per esitare. Sembrava *giusto*.

Gli tirai la camicia. Lui se la sfilò e si chinò per un altro bacio. Ogni punto in cui la sua pelle nuda toccava la mia mi lasciava ancor più bruciante di desiderio. Con una mano risalì la mia schiena e sganciò il reggiseno. Mentre mi riempiva il petto di baci, strinse il mio seno con le sue dita forti e agili. Il suo pollice disegnò un cerchio attorno al mio capezzolo, e una scossa di desiderio mi attraversò. Gemetti, inarcandomi sulle sue ginocchia.

Prese un seno in bocca, iniziando ad accarezzarlo con la lingua. Le mie dita affondarono nelle sue spalle. Il piacere fluiva dal mio petto al ventre mentre lui leccava prima un seno e poi l'altro. Le sue mani seguivano la bocca, solleticandomi e torturandomi fino a farmi tremare, con i capezzoli ormai completamente turgidi.

"Adoro vedere quanto posso farti sentire bene," mormorò sfiorandomi il collo. "Adoro prendermi cura di te in questo modo. Non ho mai voluto *nessuno* così, Ren. Il mio cuore ha sempre saputo che era solo di te che avevo bisogno."

Un dolore dolce e amaro mi commosse. Aveva rischiato così tanto per aspettarmi, rinunciando alla felicità che aveva proprio sotto il naso, senza sapere se sarei mai tornata.

Lasciai scivolare la mano sul suo collo e lo tirai per baciarlo più forte. Tenni l'altra mano sul suo grembo, accanto alle mie gambe. Sulla dura lunghezza della sua erezione che pulsava sotto la cerniera dei pantaloni.

Nate gemette nella mia bocca. Muoveva le dita su e giù

per i miei fianchi, sfiorando l'elastico delle mie mutandine. Chiedendo, ma senza pretendere. La mia lingua scivolò tra le sue labbra per aggrovigliarsi alla sua. Per un lungo momento, cavalcai il piacere che scaturiva dall'unione dei nostri respiri. Poi mi spinsi via da lui, verso il letto.

"Anch'io ho bisogno di te," dissi.

Nate mi fissò con uno sguardo improvvisamente intenso. Si alzò e mi venne incontro, incombendo su di me in tutta la sua altezza. Ma era una sensazione così rassicurante. Il fatto che un uomo del genere mi desiderasse così tanto mi faceva sentire più grande, non più piccola. Strinsi l'orlo dei suoi pantaloni tra le dita. Lui era senza fiato.

"Ren," sussurrò meravigliato. Mi toccò una guancia; c'era infinita tenerezza nella sua mano così potente.

"Voglio che tu sia il mio compagno," mormorai guardandolo negli occhi a mia volta. "Voglio essere tua, per sempre."

"Diavolo, sì," rispose. Si piegò per schiantare le labbra sulle mie. Mi aggrappai alle sue spalle mentre camminavamo all'indietro fino al letto. Quando le mie gambe toccarono il legno, cercai i bottoni dei suoi pantaloni. Un istante dopo, li calciò via insieme ai suoi boxer.

Per un secondo, mi fermai a contemplare la perfezione del suo corpo. Quasi un metro e novanta di muscoli scolpiti e pelle morbida, ed era tutto mio. E la sua erezione, grossa e lunga, così dura per me. Si gonfiò ancora di più quando ne afferrai la base, muovendo la mano verso l'alto.

Un ringhio gli vibrò nel petto. Mi prese in braccio e

mi adagiò sull'enorme letto, sfilandomi via le mutandine in fretta e furia. Ma il bisogno di controllo mi assalì. Lo spinsi, facendolo girare sulla schiena, e m'inginocchiai su di lui. Mi sorrise portando le mani sui miei fianchi.

"Prendi pure il comando. Farò qualsiasi cosa tu voglia."

La devozione in quelle parole mi colpì. Mi chinai per baciarlo, a lungo e con passione. Ma il desiderio era ormai troppo forte perché riuscissi ad aspettare. Mi strusciai sulla sua virilità. Gememmo entrambi, poi, inspirando lentamente, sprofondai su di lui.

Il suo sesso mi riempì con un bruciore inebriante. Ansimai, dondolandomi su di lui finché non fu completamente dentro. Con una mano iniziò ad accarezzarmi i seni, mentre con l'altra mi massaggiava dolcemente il clitoride. Quel mix di sensazioni scatenò un'ondata di estasi così violenta che spazzò via qualunque altro pensiero avessi per la testa.

Continuai a muovermi su di lui inseguendo disperatamente il culmine del piacere. I suoi fianchi m'incontravano a metà strada con ogni spinta. Il suo respiro si fece corto. Piccole gocce di sudore imperlavano il suo petto muscoloso sotto le mie mani. "Voglio vederti venire," sussurrò, muovendo il pollice in deliziosi cerchi sul mio clitoride. "Voglio che realizzi ogni tuo desiderio, amore."

Qualcosa in quelle parole mi spinse oltre ogni limite. Il bagliore del nostro legame divampò tra di noi. Lo sentii scorrere dentro di me, inondandomi della protezione che sapevo mi avrebbe sempre offerto, ogni volta che avrei avuto bisogno di lui.

Lo feci sprofondare dentro di me ancora una volta, e il piacere mi travolse. Gemetti, stringendolo a me. Le sue carezze mi accompagnarono sulle vette del mio orgasmo. I suoi occhi brillavano di soddisfazione e di un desiderio ancora più intenso.

Nonostante il piacere estremo, desideravo di più anch'io. Lo volevo più forte, più feroce. Mi accasciai su di lui e gli diedi una spinta per farci capovolgere. Ci fece girare senza neanche uscire da me. Sollevai le gambe sui suoi fianchi per dargli ancora più spazio.

"Ancora," dissi. "Portami più in alto."

Affondò su di me con più violenza. "Stare dentro di te è fantastico, Ren. Ti adoro."

Un gemito mi sfuggì dalle labbra. "E io adoro te. Fammi quello che vuoi, ti prego. Non osare trattenerti."

Con un verso a metà tra un ringhio e una risatina, si spinse ancora più forte. La nostra pelle scivolava l'una sull'altra, madida di sudore. Ogni muscolo del suo corpo si fletteva sotto le mie irrefrenabili mani, mentre lui spingeva il suo sesso dentro di me con tutta la forza che aveva. Proprio come desideravo.

L'estasi cresceva oltre ogni limite, fino a farmi tremare. M'inarcai verso l'alto, accogliendolo tutto, e un altro orgasmo mi estasiò. Nate mi raggiunse subito dopo, riversando il suo seme caldo dentro di me. Poi abbandonò la testa su di me mentre dondolava fino a fermarsi.

Per un po' restammo stesi lì, ansimanti. Gli sfiorai una guancia con le dita, e lui mi guardò con un bagliore così intenso che un brivido mi solleticò il petto.

"Non so come ho fatto a essere così fortunato," sussurrò, "ma di sicuro farò in modo di meritarlo."

"Mmm," mormorai, tirandolo giù per abbracciarlo. "Credo proprio che tu abbia iniziato *alla grande*."

I nostri corpi andavano perfettamente a incastro. Il battito del suo cuore mi rimbombava nell'orecchio mentre tenevo la testa poggiata sul suo petto. Posai un bacio sulla sua pelle calda, avrei voluto rimanere così per il resto della giornata.

Le sue dita scorrevano su e giù sulla mia schiena. "Dobbiamo scegliere un altro vestito."

"Lo so, ma non ancora." Non chiedevo altro che cinque minuti senza pensare alla regina delle fate e a qualunque cosa avesse in serbo per noi.

Appoggiai la testa sulla sua spalla, chiudendo gli occhi per far scomparire il resto del mondo e tutti i pericoli che nascondeva.

20

Ren

Gli insetti ci ronzavano intorno mentre percorrevamo lo stretto sentiero che attraversava il bosco. L'odore di muschio nell'aria era piuttosto piacevole, ma il terreno? Niente affatto. Mi accorsi di una radice sporgente un attimo prima di sbatterci l'alluce.

Pensavo che ormai avessimo detto addio al trekking, dopo le lunghe scalate su e giù per la montagna. Avevamo guidato quasi per tutto il percorso fino al territorio neutrale, tra la tenuta dei volatili e il dominio delle fate, ma a quanto pareva loro trovavano disgustoso qualsiasi mezzo di trasporto costruito dall'uomo. Arrivare all'incontro con un veicolo motorizzato sarebbe stato un grave insulto. E così eccoci lì, a camminare.

Cosa che, francamente, era un grave insulto ai miei

piedi, ma non ero ancora nella posizione di avanzare richieste di tale portata.

Sarebbe stato più semplice se almeno avessi potuto *volare*, ma ero ancora una novellina, e l'ultima cosa che volevo era esaurire le energie prima ancora di arrivare dalla regina. Da quello che avevo sentito, avrei avuto bisogno di tutto il mio ingegno e la mia forza per quel confronto.

I miei alfa erano rimasti in forma umana – per unirsi alla conversazione, immaginai, e forse anche per tenermi compagnia. Ma alcuni simili di Aaron si erano uniti a noi nel loro corpo animale. Prima di spiccare il volo, Alice mi aveva stretto la mano e mi aveva detto di dirgliene quattro alle fate. La sua aquila era grande quasi quanto quella di Aaron. Un'averla, un corvo e un albatro sorvolavano la foresta insieme a noi, osservando qualsiasi attività sospetta.

Aaron procedeva in testa, scrutando la foresta con i suoi occhi attenti. Marco lo seguiva con la sua grazia felina. West camminava alle mie spalle, il più possibile lontano da me, cercando di non scontrarsi con Nate che avanzava di lato.

Il legame tra me, l'aquila e l'orso si irradiava dentro di me con un calore confortante. Ma ero altrettanto consapevole degli altri due compagni e dell'assillante attrazione verso di loro, che implorava per essere soddisfatta. Soprattutto verso West. Anche se si teneva a distanza, la mia schiena formicolava ogni volta che il suo sguardo si posava su di me. Era un ardore più improvviso, più inebriante: un istante lo sentivo, quello dopo spariva, poi era di nuovo lì.

Sollevai la gonna del mio nuovo abito per risalire un piccolo pendio roccioso. Anche quello era di seta, non più rosa antico ma cremisi. Mi piaceva lo stesso: quel colore gridava che non avrei ascoltato idiozie.

Ed era vero, tanto con le fate quanto con i miei compagni.

Rallentai il passo finché West non fu costretto ad accettare che mi ritrovassi accanto a lui. Il sentiero era abbastanza largo da permetterci di camminare fianco a fianco, anche se dovetti sforzarmi perché il mio braccio non sfiorasse il suo. Lui continuò a guardare dritto davanti a sé, con le mascelle serrate.

"È davvero così che ti comporterai d'ora in poi?" Chiesi. "Andandotene in giro come se ti avessi gravemente offeso in qualche modo?"

"Non rientra tra le mie responsabilità di alfa che io ti assecondi," ribatté.

"Oh, ma per favore. Negli ultimi due giorni sei stato più amichevole con i mobili che con me. Non sto dicendo che devi organizzarmi una festa, ma non capisco perché tu debba tagliarmi fuori in questo modo."

Lo sentii mandare giù un nodo in gola. "Penso che tu sappia bene qual è il problema, Scintilla."

Una vampata di rabbia inaspettata mi assalì, perché in realtà non lo sapevo. Nulla di quello che stava facendo sembrava neanche lontanamente ragionevole.

Sollevai il mento. "Mi vengono in mente un sacco di motivi per cui potresti essere arrabbiato, ma onestamente non ho la più pallida idea del perché dovresti avercela con *me*. Prima vuoi essere il mio compagno, poi cambi idea. Va bene, prenditi tutto il tempo che ti serve per capirlo. Quando mai ho suggerito qualcosa di diverso? Non sto cercando di costringerti a fare niente. Il massimo che ti ho mai chiesto è stato un bacio, due settimane fa. Quindi prenditela con te stesso, o con la situazione. Diavolo, puoi prendertela persino con mia madre, per come ha gestito le cose. Ma non vedo come possa essere giusto riversare tutto su di me."

Il silenziò calò su di noi per un minuto. Non si sentiva altro che il suono dei nostri passi sul terreno sconnesso. Iniziai a chiedermi se non l'avessi irritato ancora di più. Poi West lasciò andare un respiro tremante, e la sua voce venne fuori più strozzata del solito.

"Hai ragione, non sono stato del tutto corretto. Mi dispiace."

Parte della tensione che gravava su di me si allentò. "Quindi… possiamo almeno avere una conversazione civile?"

Fece un mezzo sorriso. "Forse, ma non è sempre il mio forte. Non tirare troppo la corda."

Non aveva detto molto, ma l'aria tra noi sembrava meno pesante. Stavo per accelerare il passo per dargli il respiro che chiaramente voleva, quando parlò. "Quindi immagino che la prossima tappa sarà la tenuta dell'orso."

Una strana nota nella sua voce mi fece stringere il cuore, anche se non capii esattamente di cosa si trattasse. "Cosa te lo fa pensare?"

Alzò un sopracciglio. "Noi cinque siamo tutti connessi in qualche modo, Scintilla. Quando confermi il legame con uno di noi, lo sanno anche gli altri."

Mi feci paonazza al pensiero che gli altri avessero percepito quello che era successo tra me e Nate un paio d'ore prima.

Ma perché non avrebbero dovuto saperlo? Per come

dovevano andare le cose, alla fine *sarebbe* successo con tutti.

Mi morsi il labbro. "Oh. Beh, sì, la prossima visita potrebbe essere alla famiglia di Nate. Se è così che funziona."

West fece un verso vago. Non ero sicura di cosa significasse, ma la conversazione sembrava conclusa, così allungai il passo. In ogni caso, dovevamo raggiungere il luogo d'incontro – non potevo permettermi di distrarmi.

Poco più avanti, il sentiero deviava. Aaron stava scomparendo dalla mia vista. Mi affrettai ancora di più, con i nervi a fior di pelle, e una luminosa figura piumata mi piombò di fronte dal cielo.

Alice si era trasformata in volo mentre precipitava, ma in completo controllo di sé. Atterrò sui suoi piedi con un tonfo, con le mani già alzate in posizione di difesa. Aveva ancora gli artigli da aquila sui piedi nudi. Sembravano quasi affilati come quelli del mio drago.

Prima che potessi fare un altro passo, mi bloccò alzando il braccio destro. Mi fermai, drizzando le orecchie, ma non sentii nulla di minaccioso nella foresta che ci circondava. "Cosa c'è che non va?"

"Quell'albero." Indicò il grande ginepro che si stagliava qualche metro davanti a noi, alla fine del sentiero. "Ha qualcosa di strano. Quando ti sei avvicinata ha... luccicato."

L'albero? Scossi la testa, osservandolo, ma a me sembrava una normalissima pianta. Alice si avvicinò lentamente, del tutto a suo agio senza vestiti. Ormai avevo frequentato i mutaforma abbastanza da preoccuparmi sempre meno della loro nudità occasionale.

I muscoli del suo corpo robusto s'irrigidirono. I ragazzi si erano fermati, e Aaron stava facendo marcia indietro. "Che succede?" Domandò.

"Penso che ci sia una trappola in quest'albero," spiegò Alice, puntandovi contro gli artigli. "Ma è stata innescata per attivarsi con Serenity."

Marco annusò l'aria. "Sento odore di fata qui intorno. Pensavo che fossero passate di qui per arrivare al luogo d'incontro."

"C'è un modo semplice per scoprirlo," osservai. "Perché non vediamo cosa succede se mi avvicino? A meno che non pensi che non valga la pena rischiare." Indubbiamente Alice aveva molta più esperienza di me in quel tipo di situazioni.

La sua espressione si fece seria, ma annuì. "Lentamente, e tieniti pronta a tirarti indietro."

Feci un piccolo passo avanti, con prudenza, e poi un altro. Nulla si mosse, né nell'albero né nei suoi dintorni. Forse si era sbagliata? Mi fidavo del suo istinto, ma eravamo tutti un po' nervosi.

Avanzai di qualche altro centimetro e, all'improvviso, l'intero albero s'inclinò. Il tronco si scagliò in avanti e i rami si protesero verso il basso, come per inghiottirmi in una morsa.

Riuscii a schivarli, inciampando all'indietro. Alice balzò verso l'albero sferrando un calcio, lacerando un ramo con gli artigli del piede. Con il gomito ne colpì un altro, spezzandolo. Una pioggia di foglie mi ricoprì. Tornai indietro verso l'arbusto, con il mio drago che già scalpitava per uscire allo scoperto.

Alice era in piedi, ansimante, con le labbra contorte in

un ghigno feroce. Il percorso era disseminato di rami rotti e legnetti. L'albero malconcio era tornato alla sua posizione originale, come se non si fosse mai mosso.

"Cosa diavolo è successo?" Gridai.

"Alice aveva ragione," disse Aaron. "C'era un incantesimo sull'albero. Doveva abbattersi su di te al tuo passaggio. Non appena ti sei allontanata, l'effetto è svanito."

"Un incantesimo delle fate," sbottò West. "Chi altro potrebbe usare la magia così?"

Il cuore mi rimbombò nel petto. "Pensate che…la regina…"

"Non *oserebbe*," intervenne Nate con voce bassa e tenebrosa. I suoi occhi lampeggiarono di una rabbia minacciosa.

"Forse lei no," concordò Marco. "Ma abbiamo già visto che i suoi sudditi non si fanno problemi a trovare modi per aggirare i trattati. Qualche mela marcia, come direbbe lei."

West digrignò i denti. "Non importa. Noi ci prendiamo la responsabilità dei ribelli, ma spetta a lei tenere in riga le fate."

"E ci assicureremo che lo faccia," affermò Aaron. "Non appena la incontreremo. Ci siamo quasi." Mi lanciò un'occhiata. "Se ti tieni lontana dall'albero, la trappola non scatterà di nuovo."

Annuii. Con un ultimo sguardo al ginepro, m'incamminai tra la boscaglia dall'altro lato del sentiero. L'albero non si mosse. Quando aggirai la curva, tornando sul terreno più sgombro, lasciai andare un sospiro.

"Sarà meglio che torni in volo, giusto in caso ci siano

altre sorprese," dichiarò Alice. Piegò le gambe per spingersi in aria.

"Grazie," le dissi velocemente incrociando il suo sguardo. "Non avevo mai visto nessuno combattere con un albero, ma tu sei stata decisamente fenomenale."

Le tornò il sorriso. "Finora niente ha mai avuto la meglio su di me. Ti copro le spalle, Serenity."

Apprezzai la sua promessa, ma ormai avanzavo verso l'appuntamento con i nervi più tesi che mai. In tutta quella storia, non riuscivo più a credere così facilmente che la regina delle fate fosse una spettatrice ignara. Qualunque tipo di amicizia ci fosse stata tra le fate e i draghi prima di allora, qualcosa era andato molto, molto storto.

Gli alberi iniziarono a diradarsi, e ben presto svanirono completamente. Lasciarono spazio a una vasta radura, dove non c'era altro che una distesa infinita di erba e fiorellini rosa. Il cielo sopra di noi era di un blu intenso, e la brezza calda soffiava dolcemente tra i rami alle nostre spalle.

Avevamo fatto solo qualche passo avanti quando la delegazione di fate apparve dall'altro lato della radura. Ce n'erano almeno dieci – alte, dall'aspetto scheletrico e la pelle bianca e bluastra. Il loro odore stucchevole mi fece arricciare il naso.

In testa al corteo c'era una donna ancora più alta. Le onde bionde e argentate dei suoi capelli le ricadevano sulle spalle e poi sul suo abito di seta, scendendo fino alle caviglie. I suoi grandi occhi scintillavano come diamanti neri. La sua pelle e i suoi capelli emanavano un tenue bagliore. Una corona di vite le ornava il capo, ma anche se non l'avesse indossata avrei capito subito che la regina era lei.

La mia schiena s'irrigidì, ma mantenni un'espressione più calma possibile. Avanzammo per incontrarla al centro della radura. Aaron e Nate erano accanto a me, West e Marco li seguivano. Gli altri mutaforma volatili ci circondavano in volo.

"Regina," Aaron la salutò con un lieve inchino del capo. "Siamo molto grati per questo incontro."

La donna spostò a malapena lo sguardo da lui. Mi squadrò con volto impassibile. "Quindi lei è il nuovo drago."

Quindi lei è la donna che ha fatto uccidere quello prima di me, avrei voluto dire, ma mi morsi la lingua. Le accuse dirette di omicidio non erano molto diplomatiche. "In carne e ossa. Sono felice di conoscerti." *Così potrò avere qualche risposta, finalmente.*

"E qual è il motivo di questo incontro?" Chiese lei, riportando gli occhi su Aaron come se fosse più degno di attenzione di me.

Non potei fare a meno d'irritarmi un po'. "Sono stata *io* a richiederlo," dissi, "perché ho qualche domanda a proposito della presenza delle fate sulla montagna di Sunridge. E, visto che siamo qui, vorrei riportare un incantesimo posto su un albero lungo il nostro cammino."

La regina si accigliò, con uno sguardo diligentemente inespressivo. "Sunridge? Questo nome mi è vagamente familiare, ma non posso dire che si tratti di un luogo a cui ho dato molta considerazione. E non so nulla dell'albero."

Certo, come no. "Qualcuno ha lanciato un

incantesimo affinché mi attaccasse," spiegai. "Solo una fata avrebbe potuto farlo."

"Ne sei sicura? Non sei stata poi così a contatto con la tua specie, non è così? Da quello che ho capito, non hai neanche incontrato metà della tua gente."

Okay, ora mi stava *davvero* dando sui nervi. Era così che voleva giocarsela? Nate fece per muoversi, ma tesi una mano davanti a lui per fermarlo. Non avevo bisogno che combattesse quella battaglia. Non avrei fatto molta strada come leader dei mutaforma se la regina delle fate non avesse imparato a *rispettarmi*.

"Ne so quanto basta," affermai. "E quando mi serve una guida, ho i miei alfa. Ma non ho avuto bisogno di alcun aiuto per vedere quello che la tua gente ha fatto a mia madre su quella montagna."

Una sorta di sfarfallio attraversò il volto della donna, così velocemente che un essere umano non l'avrebbe mai colto. Ma io non ero umana.

"L'ultima volta che ho avuto notizie di tua madre, anni fa, era scappata dalla comunità," replicò la monarca. Ma stava mentendo, lo sentivo nelle mie ossa.

Raddrizzai la schiena, ergendomi in tutta la mia altezza. Certo, non ero alta quanto lei, ma ero decisamente più in carne, quindi dovevo sembrare almeno un po' minacciosa. "Ci sono degli accordi tra la tua gente e la mia. Ti assumerai la responsabilità dei crimini commessi dai tuoi sudditi. Ma se davvero vuoi mettermi alla prova, continua pure a mentirmi in faccia."

Dietro di me, Marco soffocò quella che doveva essere una risatina. Negli occhi della regina brillò un luccichio gelido. "Questa *è* la tua gente?" Domandò con voce tagliente. "Da quello che vedo, hai accettato a stento due leader come tuoi compagni predestinati. E vuoi venire a parlarmi di responsabilità?"

Di colpo la mia gola divenne ardente. Il fuoco guizzava dentro di me, e la pelle mi prudeva per l'urgenza di mutare in squame. Tenni a freno l'impulso di trasformarmi, ma a malapena. "È pur sempre la mia vita, e deciderò quando farlo ai miei tempi. Sarei stata molto più preparata se le tue fate non mi avessero strappato via mia madre. Ma sono *pronta* a farti rispondere di questi crimini."

Aaron fece un piccolo passo in avanti e parlò a voce alta. "Come alfa della famiglia dei volatili, mi schiero in tutto e per tutto dalla parte di Serenity Drake."

Nate sollevò la testa. "Come alfa dei mutaforma eterogenei, mi schiero in tutto e per tutto dalla parte di Serenity Drake."

Marco si fece avanti, al fianco di Aaron. "Come alfa della famiglia dei felini, mi schiero in tutto e per tutto dalla parte di Serenity Drake. E continuerò a farlo per il resto della sua vita, qualunque cosa succeda."

Non l'avevo mai sentito parlare così seriamente. Una parte del dolore che ancora provavo nei suoi confronti svanì.

Prima che potessi chiedermi se il lupo avrebbe dimostrato la sua lealtà fino a quel punto, avanzò accanto a Nate. "Come alfa della famiglia dei canidi, mi schiero in tutto e per tutto dalla parte di Serenity Drake. Quando esige il tuo rispetto, parla a nome di *tutti* noi."

La fata sbuffò, leggermente spazientita. "Vi ho detto quello che so. Non ho alcuna prova dei crimini di cui parlate. Se mi avete fatto venire qui solo per lanciare accuse infondate, vi ho concesso abbastanza del mio tempo."

Si voltò per andarsene, e i suoi accompagnatori aprirono un varco intorno a lei per farla passare.

Mi stava seriamente piantando in asso, come se non avessi alcuna autorità. Come se non mi dovesse *niente*, dopo tutto quello che la sua gente mi aveva tolto.

No. Doveva imparare subito che ignorarmi era un errore madornale. Non importava per quanto tempo fossi stata lontana, né cosa poteva dire di me qualche mutaforma un po' montato di testa. Ero lì, con gli alfa al mio fianco, e avrei rivendicato tutto il mio potere.

"Ferma dove sei," esclamai con voce già roca. Nella mia furia, ebbi quel tanto di autocontrollo che bastò per togliermi il vestito di seta prima che il mio drago prendesse il sopravvento.

I miei muscoli iniziarono ad allungarsi con un bruciore ormai piacevole. Le fiamme infuocavano la mia gola in estensione. Mi eressi, incombendo sui presenti e spiegando le mie ali massicce.

La regina delle fate si voltò di scatto. Ai piedi del mio drago non sembrava più così alta. La osservai con occhi socchiusi e lei mi scoccò un sorriso gelido. Un alone di magia crepitò attorno al suo corpo.

"Tentare di farmi del male sarebbe una dichiarazione di guerra," sogghignò.

Ma io non volevo farle del male. No, lo sfrigolio nei miei polmoni era quello del fuoco del cristallo: la fiamma della verità. Fino a quel momento avevo avuto paura di rivendicarla, ma era stato un errore. Era *mia*, e mi fidavo di me stessa. Quella donna doveva sapere esattamente con chi aveva a che fare.

Spalancai la bocca e raccolsi tutto il mio fiato, dal profondo del torace, dove un anello di dolore si avvinghiava stretto attorno al cuore.

Il fuoco si riversò sulla regina, frantumando il suo scudo protettivo. Gli astanti gridarono, ma le fiamme che l'avvolgevano non erano quelle gialle e arancioni che l'avrebbero ridotta in cenere. Divampavano bianche e violacee, circondando la donna in schegge di luce taglienti.

Bruciavano per arrivare alla verità.

Lei sgranò gli occhi, schiudendo le labbra e stringendosi le mani attorno alla gola, come per impedire a se stessa di parlare. Ma la voce le uscì comunque, fluttuando tra le fiamme.

"Ho saputo della morte di tua madre," disse con voce strozzata. "Sapevo che dietro il suo omicidio c'era un gruppo di fate, ma non lo sapeva nessun altro, così ho fatto finta di niente. Non le ho punite. Ne ho sentite altre maledire i mutaforma. Non le ho incoraggiate, ma non le ho neanche fermate. Se qualcuno ha usato la magia contro di te, oggi, posso indovinare facilmente chi è stato."

I suoi accompagnatori si strinsero attorno a lei, sconvolti dalle sue ammissioni. Aaron la trafisse con uno sguardo pietrificante. "Perché hai lasciato correre questi crimini?"

Le labbra della monarca si contorsero, ma le mie fiamme l'avvolsero più stretta. "I vostri disordini hanno reso le cose più facili, per noi. Abbiamo potuto rivendicare più territori, rifiutare più compromessi. Ero felice di lasciare che la situazione restasse com'era."

Trasalii a quelle parole. Un fuoco più caldo mi solleticò la gola – volevo *punirla* per tutta la sofferenza che aveva permesso. Lo tenni a bada, scaricando su di lei un'altra ondata di fiamme della verità. Il mio drago cominciava a cedere sotto lo sforzo di quel potere sconosciuto.

"Accetterai l'autorità di Serenity e la nostra, d'ora in poi?" Chiese Nate.

"Sì," ansimò la donna. "Quando sarà necessario."

Non mi piacque quella risposta, ma non riuscii a produrre altre esplosioni. Lasciai che il fuoco si spegnesse, mantenendo a fatica la mia forma di drago. Rimasi ferma lì, guardandola dall'alto in basso.

La regina si strofinò le braccia come per dissipare le ultime faville. Mi fissò, e per la prima volta vidi la paura nei suoi occhi, velata da un pizzico di rabbia.

Avevo avuto la meglio su di lei in quella battaglia, ma non l'avrebbe dimenticato. Qualunque conflitto fosse nato tra le fate e i mutaforma, era tutt'altro che finito.

"Regina, le nostre accuse non sembrano più così 'infondate', adesso che sappiamo la verità." Disse Marco con tono arcigno. "Che provvedimenti hai intenzione di prendere, al riguardo?"

Lei sembrò reprimere una smorfia. "Sistemerò le cose," rispose. "Chi ha agito in qualsiasi modo a scapito dei mutaforma, sarà punito conformemente al trattato. Lo stesso accadrà in futuro, se verrò a conoscenza di altri crimini. Vi do la mia parola."

Pronunciò quell'ultima frase con una determinazione soprannaturale. Potevamo fidarci fino a quel punto. Del resto, non è che potessimo costringerla a provare un *sentimento* specifico nei nostri confronti.

Chinai la testa, guardandola, e il suo esile corpo fu scosso da un brivido. "Possiamo considerare la questione risolta?" Domandò.

"Resta solo una cosa," rispose Aaron. "Quando parli di crimini, dovresti considerare anche chiunque abbia aiutato i ribelli a compiere attacchi contro di noi o il resto della comunità. Siamo d'accordo?"

Annuì con un sussulto. "Siamo d'accordo."

Mi lanciò un'ultima occhiata prima di voltarsi, sistemandosi i capelli dietro le spalle con finta indifferenza. Il suo sguardo tradiva la consapevolezza di chi aveva perso una battaglia, ma non la guerra.

Come prima vittoria, però, non era stata niente male.

Quando le fate scomparvero di nuovo nella foresta, lasciai andare il mio drago. Il mio corpo si accartocciò in preda ai brividi. Respiravo a fatica, con la gola improvvisamente dolorante. Il potere che mi era stato concesso era sensazionale, ma mi lasciava a pezzi.

Nate mi porse il mio abito. Me lo feci scivolare addosso, ritrovando l'equilibrio. "Okay," dissi. "Andiamo a casa."

21

Nate

"Non so perché mi sento così sconvolta," disse Ren. "Sapevo che era morta, e anche che sono state le fate a ucciderla."

Si passò la mano sul viso. Eravamo nella sua camera da letto, davanti allo specchio dove stava spazzolando le onde castano scuro dei suoi capelli. Le ricadevano morbide sulle spalle e sullo scollo dell'abito turchese che aveva scelto per il gala di addio di quella sera. L'indomani saremmo partiti per la mia tenuta, verso sud.

Posai una mano sulla sua schiena, e lei si appoggiò automaticamente a me. Toccarla mi faceva sempre emozionare, ma non c'era nulla di paragonabile all'elettricità costante del legame che ormai ci univa. Il legame che sarebbe durato per il resto della nostra vita.

"Non sapevi se la regina avesse approvato le azioni di

quelle fate," cercai di confortarla. "Hai dovuto sentirla parlare come se l'omicidio di tua madre non significasse niente per lei. È ovvio che ti abbia turbata."

"Già, immagino che sia così." Tirò un lungo respiro e squadrò le spalle. "Si riscende in campo."

Ridacchiai, poi le presi la mano per avviarci verso la porta. "Ma ricorda che hai ottenuto quello per cui sei venuta qui. Non possiamo riportare indietro tua madre, ma hai ottenuto giustizia per lei. E l'hai fatto usando il potere che ha sempre voluto che avessi."

Ren annuì, portandosi una mano alla gola.

Il cortile di fronte alla villa era già gremita di mutaforma, come la prima sera che avevamo messo piede lì. Una band suonava una musica allegra sulle scale, e ovunque c'era gente che danzava. Ren mi muoveva il braccio a tempo di musica, ma io ero una frana quando si trattava di tenere il ritmo.

"Forse sarebbe meglio cederti ad Aaron, se sei in vena di ballare," dissi con un sorriso. L'aquila si stava già dirigendo verso di noi.

"Torno subito," mi salutò con un rapido bacio a stampo. Continuai a guardarla mentre Aaron la trascinava via, facendola volteggiare e atterrare con un casquè. Il nostro drago rise con occhi luccicanti, scaldandomi il cuore.

Stava costruendo la sua casa con noi, nonostante tutte le tragedie che la vita le aveva riservato fino ad allora.

"Stiamo mettendo a rischio la nostra vita per *lei*," mormorò una voce proprio alle mie spalle.

L'orso dentro di me s'irritò subito. Mi guardai intorno e vidi una delle coppie che erano sedute di fronte a Ren la sera della cena – una di quelle che l'avevano rimproverata per ogni minimo errore. Era stato l'uomo a parlare, e la donna scuoteva il capo costernata.

"Lo so, è una vergogna."

Strinsi i denti per reprimere un ruggito. Morivo dalla voglia di sfoderare gli artigli e sbattere quelle due teste d'uccello l'una contro l'altra. Le mie mani si chiusero a pugno, poi ricordai quello che mi aveva detto Ren.

Non avrebbe voluto che facessi una scenata nel bel mezzo della festa per difenderla. Avrei potuto farlo anche senza entrare in piena modalità orso.

"Si direbbe quasi che…" Iniziò il marito, ma lo interruppi schiarendomi la gola e voltandomi completamente verso di loro.

"Si direbbe quasi *cosa*?" M'intromisi, abbassando la voce quel tanto da sembrare vagamente minaccioso.

La coppia trasalì, irrigidendosi. L'uomo serrò le mascelle. "Ho il diritto di avere qualunque opinione sulle persone che ci governano."

"Vero," risposi. "Ma se avessi visto il modo in cui Serenity ha messo in ginocchio le fate, oggi, non credo che andresti in giro a lamentarti. Oppure credi che loro tremerebbero alla *tua* vista?"

Aprì la bocca per parlare, poi la richiuse, chiaramente senza parole. Già, proprio come pensavo.

"Chiedi alle guardie che ci hanno accompagnato, se non ti fidi del tuo stesso alfa," suggerii. "Ti diranno quanto è potente il nostro drago."

"Immagino che lo faremo," disse la donna. Afferrò il marito per il braccio e lo tirò via. Meglio così, non sapevo quanto sarei riuscito a tenere a freno i miei istinti animali, se avessero detto altre cattiverie su Ren.

"Di nuovo a difendere l'onore della tua compagna?" Chiese West seccato. Era comparso accanto a me mentre ero distratto.

Aggrottai la fronte. "Se sei qui per fare commenti sarcastici, puoi risparmiarteli. Dopo questo pomeriggio, anche *tu* devi ammettere che lei è speciale."

Lo sguardo di West cadde oltre le mie spalle, dove Ren stava ballando con Aaron. I capelli le svolazzavano sul viso mentre lui la faceva piroettare. I suoi occhi brillavano di amore e gioia. Non riuscivo a capire come si potesse guardarla senza sentirsi sciogliere il cuore.

Probabilmente era impossibile. L'espressione di West si ammorbidì un po', come la sua voce. "Forse," disse. "Vedere la regina girare sui tacchi e tagliare la corda… è stato davvero grandioso, no?"

L'orgoglio mi riempì il petto. "Tutto merito del nostro drago."

Tutto merito della mia compagna.

Ren

Un silenzio improvviso piombò sulla folla attorno a me e Aaron. Ci eravamo appena fermati per riprendere fiato dopo aver ballato per tre canzoni di fila. Alzai lo sguardo e mi pietrificai.

Una figura esile e pallida era comparsa ai margini del cortile, scintillando nell'oscurità. Era un uomo fata. Tese la mano in un gesto che istintivamente mi sembrò una richiesta di tregua. Non voleva farci del male.

Ma non ero felice di vederlo.

Aaron s'incamminò per andargli incontro, e io lo seguii. Lo sguardo dell'uomo si fermò quando ci vide. Alzò l'altra mano, che brillava di una luce più intensa.

"La regina vuole farvi sapere che la parola è stata mantenuta," annunciò. Sollevò la mano più in alto, con un movimento repentino.

Minuscole schegge di luce scoppiettarono sopra le nostre teste. I frammenti luccicarono e poi svanirono nell'aria fredda della notte.

"Che…" Iniziai, ma l'uomo si era già dileguato. Dalla folla si levarono mormorii di stupore e meraviglia. Mi voltai verso Aaron. "Cos'è stato?"

Guardò in alto con espressione solenne, dove le luci erano scomparse. "La regina ha rispettato i termini del trattato, come stabilito dalle loro leggi. Le luci delle fate che hanno cercato di farci del male, e che hanno ucciso tua madre, sono state spente."

"Oh." Mi si annodò lo stomaco. Seguii il suo sguardo, pensando a quelle vite spezzate.

Proprio come avevano distrutto quella di mia madre. Proprio come avevano trattato quel ribelle che ci stava seguendo nelle grotte. A quanto pareva, le fate lavoravano così: rapide e brutali.

Di sicuro non il tipo di nemici che volevo avere.

"Il conflitto con loro non è finito, vero?" Chiesi.

Le labbra di Aaron si strinsero in una linea cupa. "No,

non credo che lo sia. Ma siamo più pronti che mai ad affrontare qualunque cosa faranno. E ora anche tutti i miei simili hanno visto l'influenza che hai su di loro."

Mi guardò sorridendo, e non potei far altro che ricambiare. Forse era giusto far finta, anche solo per un po', che tutti i nostri problemi fossero risolti.

Le celebrazioni si conclusero al calar della notte. Quando mi ritrovai a percorrere il corridoio verso le mie stanze, con gli alfa al mio seguito, mi si chiudevano gli occhi.

Arrivata alla mia porta, un desiderio mi strinse il cuore. Una parte di me tornò a sette anni prima, a quelle notti rannicchiata nell'appartamento vuoto di mia madre, ad aspettare sempre meno speranzosa di sentire il rumore delle sue chiavi.

Non volevo sentirmi mai più così sola. E non avrei dovuto, ora che avevo trovato i miei compagni. Ma, tutto d'un tratto, il solo fatto di sapere che sarebbero stati al di là di quei muri non era più abbastanza.

Nate fece per dirigersi alle sue stanze, ma tesi una mano per fermarlo. "No. Perché non resti con me?" Il mio sguardo scivolò su tutti gli altri: Aaron era calmo e posato, Marco felice ma un po' incerto, West scontroso come sempre. "Tutti voi. Voglio che restiate, per favore. Non vi chiedo altro, è solo che non voglio dormire da sola."

Sapevo che non c'era neanche bisogno di chiedere, con Aaron e Nate. Marco mi fece il solito sorriso sornione. "Come desideri, Principessa delle Fiamme." West sembrò cercare di nascondere un broncio, ma chinò la testa come a dire che avrebbe accettato a malincuore.

Chiaramente sentì anche il bisogno di dirlo ad alta

voce. Tenni la porta mentre gli altri entravano, e lui si fermò di fronte a me. "Senti, Scintilla, quello che ho detto davanti alla regina delle fate non significa–"

Alzai gli occhi al cielo. "Certo," lo interruppi. "Nessun impegno presunto. Ora andiamo. Sono esausta, tu no?"

Salii al centro dell'enorme letto e mi sistemai tra i cuscini. I ragazzi erano tutti intorno a me: Nate e Aaron accoccolati ai miei lati; Marco e West un po' più distanti, ma non mi aspettavo nulla di diverso. Sentivo il nostro legame avvolgermi, caldo e forte. Eravamo insieme, noi cinque, esattamente come il destino voleva. Lo sentivo in ogni parte di me.

I miei nervi si distesero e mi rilassai sul materasso. Mi abbandonai al sonno, con la certezza che, nonostante i pericoli che ci aspettavano, ero esattamente dove dovevo essere.

Mi svegliai di soprassalto quando qualcuno bussò freneticamente alla porta. Aprii gli occhi nella stanza buia, mentre i miei compagni si agitavano accanto a me. Con uno sbuffo seccato che mi sembrò di West, uno dei ragazzi saltò giù dal letto e si diresse verso la porta. Gli altri si misero seduti. Mi sfregai gli occhi annebbiati, con il cuore che martellava nel petto.

"Cosa c'è?" Borbottò West aprendo la porta.

Una voce tremante risuonò dal salone fino al letto. "Abbiamo appena ricevuto la notizia. C'è stato un attacco alla tenuta dell'alfa orso."

L'AUTORE

Eva Chase, autrice di romanzi urban fantasy e paranormali, è tra le prime 100 scrittrici più vendute su Amazon. Magia, caos e pene d'amore sono stati il suo pane quotidiano fin da quando era piccola, e sono anche gli ingredienti segreti di tutte le sue storie. Con lei, però, non dovrai temere i triangoli amorosi: le eroine di Eva non devono mai scegliere. Scopri chi è visitando l'indirizzo www.evachase.com.

www.ingramcontent.com/pod-product-compliance
Lightning Source LLC
Chambersburg PA
CBHW021329190726
48288CB00003B/1024